心是温柔的起点

林清玄 著
LinQingxuan

自 序

色与空的追寻

在衣柜里找到一件蓝衫子,被那亮眼的蓝闪了眼睛。

这件久远之前的蓝衫,因为放在柜子的底层,竟然被我遗忘了二十年。二十年过去,它的蓝非但丝毫没有退失,仿佛比新购的还要蓝,蓝之又蓝。

岁月已经轮转又轮转,人生也一变再变,那蓝衫因为被遗忘,躺在风月不到之处,仍然维持了最初的样子。

那是在美浓的"锦兴蓝衫"购得的。

二十年前,我和妻子淳珍返乡,带着刚出生的小儿子亮语。听乡人说美浓锦兴蓝衫的老师傅已经七十几岁了,不知道还能做多少件蓝衫!

我和淳珍随即开车到美浓,找到那已经开了半世纪的老店,找到白发苍苍的老师傅。

量了身、打了版,我订了一件,淳珍订了三件蓝衫。当时的蓝衫已迹近失传,几乎无人订做,一星期就做好了。

试穿的时候,令我们惊喜不已,老师傅的手艺非凡,还是立体剪裁,不只合身,穿起来非常优雅,仿佛走入时光隧道。

那时淳珍青春正盛,气韵动人,在蓝衫的衬托下,更显典雅端丽。使我想起记忆中一些美丽的风情。

是天空的,也是海洋的

我童年的时候,高雄屏东一带的六堆地区,住的多是客家人。

当地的女子不知道为什么都穿蓝衫,配上黑色的裤子。客家妇女特别勤快,不只要照顾家里,还要下田耕作。

田中的蓝衫,成为美丽的印记。

有时候,我徒步漫行过客家庄,看到许多身着蓝衫的女子,正在绿色水田里耕作。静谧的蓝天下,微风波动的绿色稻苗,在墨绿的月光山衬托下,又安静,又神秘,真是美极了。

蓝衫的蓝,不只是天空的,也是海洋的,在静极之处,有一种汹涌,在贫瘠之地,如海浪一波一波地追逐生活更好的可能。全年都穿蓝衫的客家妇女,不需要生命更多的华彩,因为他们已拥有大地与天空。

蓝蝶飞空，白鹭立雪

我对蓝衫的喜爱不只来自田间。

小学的时候，有一个女老师来自南京，喜欢穿阴丹士林的蓝旗袍。

夏天的时候，她穿着半袖的蓝旗袍。

冬天的时候，她的旗袍外罩了一件大褂，是深蓝色的，还围着一条红色的围巾。

女老师对我来说，不只是气质的化身，更启动了美的开关，在贫穷偏乡的小学生，因此而有了天空的广大向往。

蒂芬尼的蓝、威治伍德的蓝、保时捷的蓝，后来都令我感动，但最使我感动的，是来自老师那最初的蓝。

有如一群蓝蝴蝶飞向天空，与整个天空融在一起。"蓝蝶飞空"与"白鹭立雪"一样，蓝是无边的，雪也是无边的。

我虽不能拥有天空，但我要飞向天空。

粪帚皆可衣，草木皆可食

童年时代，蓝色引爆了我对蓝的感动，也启蒙了我对美的向往。

我不只喜欢蓝色，我也爱褐色与灰色。

褐色与灰色是出家人的颜色。

我的故乡旗山，离大树乡的佛光山很近。我一有空，就往寺院里跑。很小的时候，自然皈依了佛教。

出家人上早晚课时，总穿着褐色的袍子。出坡作务则穿着灰色的唐装。不论褐色或灰色，总让我感觉到谦卑、内敛、含蓄、单纯、简朴……

后来，才知道，褐色与灰色叫"粪扫衣"，是佛陀时代希望弟子能舍弃欲望的追求，"粪扫皆可衣，草木皆可食"留下的传统。纵使衣着如粪如扫，也能无愧于心，努力修行。

我喜欢褐与灰，虽然无缘出家，却心向往之。知道从最简朴到最高境界，是可以直达的路。

身着白衣，心有锦缎

我还喜欢白色。

相传佛有四众弟子，比丘、比丘尼、优婆塞、优婆夷。比丘与比丘尼当然是着"粪扫衣"，优婆塞是男居士，优婆夷是女居士，居士无分男女，均着白衣。

在佛陀时代，身穿白衣是不容易的，白衣有尊贵的意思，因为要维持全身白衣，生活必须要有余裕、有空间、有从容的态度。

我曾在山上闭关好几年，每天都穿白衣，有人以为我天天穿同一套衣服，其实是，我订做了六套一样的白衣，每天穿一套，一周才洗一次。

白使我感觉纯净、平和、从容,"身着白衣,心有锦缎",白也使我淡然、无求,生命若能纯白无瑕,又有什么过不去的呢?

正如佛经里的故事,一个穿白衣的修行人,常在莲花池畔静坐,有一天黄昏,他结束静坐,看见一朵白莲花,非常非常美,他忍不住采了一朵,想带回家欣赏。

这时,莲花池神突然现身,斥责他:"你是修行的人,怎么可以随便偷折莲花呢?"

他感到很诧异,说:"昨天一个商人,把池中大部分莲花折取一空,把莲花池弄得乱七八糟,你并没有现身斥责他,我是因为美才采了一朵莲花,你却严厉指责我,不是很不公平吗?"

莲花池神说:"他是不修行的人,就像全身穿着黑衣,再怎么污染也看不出来;你是修行者,犹如白衣,只要一点小污点,就很明显,并且难以清洗了!"

是呀!身着白衣,使我们的行为举止小心翼翼,甚至常让我们内观自己的心,要不负那种纯净!

空中自有无限的层次

我偏爱蓝、褐、灰、白,常感觉这里面有神秘的因缘。

因缘不只表现在颜色的追寻,更是表现在一切的形与象。

> 色不异空,空不异色;
> 色即是空,空即是色;
> 受想行识,亦复如是。

《心经》上这样说,所有的色相、感受、念想、行为、见解,都是因缘所聚合的,因缘生、住、异、灭,最终归于空无,因此,人间万相,不可住留,也无法掌握,更无需留恋呀!

"空"并不是"无",也不是"没有",若以天空作比,空中自有无限的层次,有白云、乌云,有晨曦、晚霞,有彩虹、夜雾,有日有月……

每天的天空都不同,但每天的天空都将恢复为空,生活亦复如是!

若对生活无感,则日复一日,年华终将老去;若能深深地感知,在色与空的追寻之间,就能生起智慧。前人留下的艺术,音乐、绘画、文学、戏剧,乃至一切的创作,不都是这样吗?

万里江山酒一杯

不信青春唤不回,不容青史尽成灰;
低徊海上成功宴,万里江山酒一杯。

  我喜欢于右任的这首小诗,虽然不信不容,但是,青春,终究是唤不回了;青史,最后也成灰了,在漂流的生命之海,回头一望,万里江山只剩下一杯酒,化成点点的相思泪。

  色与空的追寻,正是文学的追寻,因缘的聚散,人生的离合,回头观之,既是偶然,也是必然。

  岁月已随风而逝,创作的心,依然迎风而立,振衣于千仞之岗,长啸于万海之滨,我仿佛还是那身穿蓝衫的最初的少年。

林清玄

2016 年秋末
台北双溪清淳斋

目录
contents

第一辑
柔软的心最有力量

幸福的开关 //003

清净之莲 //015

活的钻石 //018

水中的金影 //021

想象的城堡 //024

本来面目 //027

柔软的耕耘 //030

在微细的爱里 //032

寻找幸运草 //034

柔软心 //037

第二辑

识得人生真滋味

生命的酸甜苦辣 //045

一滴水到海洋 //048

求败的心情 //054

掌中宝玉 //058

林边莲雾 //061

最苦的最美丽 //064

一杯蜜是炼过几只蜂的 //069

求　好 //073

跑龙套的时代 //076

十点八分四十五秒 //079

李铁拐的左脚 //081

牛肉汁时代 //085

真正的桂冠 //089

水中的蓝天 //093

第三辑

总有群星在天上

总有群星在天上 //101

在夜景的航道 //108

阳光照在我们身上 //110

在梦的远方 //114

家家有明月清风 //121

分享生之苦乐 //128

随风吹笛 //132

青铜时代 //136

生命的出口 //140

目 录 contents

第四辑
暗夜里的一盏灯

鸳鸯香炉 //147

平凡最难 //155

常想一二 //158

太阳雨 //161

天寒露重，望君保重 //167

忧欢派对 //171

欢乐中国节 //179

生命的接榫 //183

超越的心 //186

从最根深处站起来 //192

心灵的护岸 //201

白雪少年 //206

唯其柔软
我们才能敏感
唯其柔软
我们才能包容
唯其柔软
我们才能精致
也唯其柔软
我们才能超拔自我
在受伤的时候
甚至能包容我们的伤口

第一辑

柔软的心
最有力量

幸福的开关　　　本来面目

清净之莲　　　　柔软的耕耘

活的钻石　　　　在微细的爱里

水中的金影　　　寻找幸运草

想象的城堡　　　柔软心

幸福的开关

　　一直到现在,我每次看到在街边喝汽水的孩童,总会多注视一眼。而每次走进超级市场,看到满墙满架的汽水、可乐、果汁饮料,心里则颇有感慨。

　　看到这些,总令我想起童年时代想要喝汽水而不可得的景况。在台湾初光复不久的那几年,乡间的农民虽不致饥寒交迫,但是想要三餐都吃饱似乎也不太可得,尤其是人口众多的家族。更不要说有什么零嘴、饮料了。

　　我小时候对汽水有一种特别奇妙的向往,原因不在汽水有什么好喝,而是由于喝不到汽水。我们家是有几十口人的大家族,小孩依大小排行就有十八个之多,记忆里东西仿佛永远不够吃,更别说是喝汽水了。

　　喝汽水的时机有三种,一种是喜庆宴会,一种是过年的年夜饭,一种是庙会节庆。即使有汽水,也总是不够喝,到要喝汽水时好像进行一个隆重的仪式,十八个杯子在桌上排成一列,依序各倒半杯,几乎喝一口就光了,然后大家舔舔嘴唇,觉得汽水的滋味真是鲜美。

有一回,我走在街上的时候,看到一个孩子喝饱了汽水,站在屋檐下呕气,呕——长长的一声,我站在旁边简直看呆了,羡慕得要死掉,忍不住忧伤地自问道:什么时候我才能喝汽水喝到饱?什么时候才能喝汽水喝到呕气?因为到读小学的时候,我还没尝过喝汽水喝到呕气的滋味,心想,能喝汽水喝到把气呕出来,不知道是何等幸福的事。

当时家里还点油灯,灯油就是煤油,台语称作"臭油"或"番仔油"。有一次我的母亲把臭油装在空的汽水瓶里,放置在桌脚旁,我趁大人不注意,一个箭步就把汽水瓶拿起来往嘴里灌,当场两眼翻白、口吐白沫,经过医生的急救才活转过来。为了喝汽水而差一点儿丧命,后来成为家里的笑谈,却并没有阻绝我对汽水的向往。

在小学三年级的时候,有一位堂兄快结婚了,我在他结婚的前一晚竟辗转反侧地失眠了,我躺在床上暗暗发愿:明天一定要喝汽水喝到饱,至少喝到呕气。

第二天我一直在庭院前窥探,看汽水送来了没有,到上午九点多,看到杂货店的人送来几大箱的汽水,堆叠在一处。我飞也似的跑过去,提了两大瓶黑松汽水,就往茅房跑去。彼时农村的厕所都盖在远离住屋的几十米之外,有一个大粪坑,几星期才清理一次,我们小孩子平时很恨进茅房的,卫生问题通常是就地解决;因为里面实在太臭了。但是那一天我早计划好要在里面喝汽水,那是家里唯一隐秘的地方。

我把茅房的门反锁,接着打开两瓶汽水,然后以一种虔诚的心情,把汽水咕嘟咕嘟地往嘴里灌,就像灌蟋蟀一样,一瓶汽水一会儿就喝光了。几乎一刻也不停地,我把第二瓶汽水也灌进腹中。

我的肚子整个胀起来,我安静地坐在茅房地板上,等待着呕气,慢慢地,肚子有了动静,一股沛然莫之能御的气翻涌出来,呕——汽水的气从口鼻冒了出来,冒得我满眼都是泪水。我长长地叹了一口气:"这个世界上再也没有比喝汽水喝到呕气更幸福的事了吧!"然后朝圣一般打开茅房的木门,走出来,发现阳光是那么温暖明亮,好像从天上回到了人间。

每一粒米都充满幸福的香气

在茅房喝汽水的时候,我忘记了茅房的臭味,忘记了人间的烦恼,觉得自己是世上最幸福的人,一直到今天我还记得那天叹息的情景,当我重复地说:"这个世界上再也没有比喝汽水喝到呕气更幸福的事了吧!"心里百感交集,眼泪忍不住就要落下来。

贫困的岁月里,人也能感受到某些深刻的幸福,像我常记得添一碗热腾腾的白饭,浇一匙猪油、一匙酱油,坐在"户定"(厅门的石阶)前细细品味猪油拌饭的芳香,那每一粒米都充满了幸福的香气。

有时这种幸福不是来自食物。我记得当时在我们镇上住了一位卖酱菜的老人,他每天下午都会推着酱菜摊子在村落间穿梭。他沿路都摇着一串清脆的铃铛,在很远的地方就可以听见他的铃声。每次他走到我们家的时候,都在夕阳将落下之际。我一听见他的铃声跑出来,就看见他浑身都浴在黄昏柔美的霞光中。那个画面、那串铃声,使我感到一种难言的幸福,好像把人心灵深处的美感全唤醒了。

有时幸福来自自由自在地在田园中徜徉了一个下午。

有时幸福来自看到萝卜田里留下来做种的萝卜,开出一片宝蓝色的花。

有时幸福来自家里的大狗突然生出一窝颜色不一样的、毛茸茸的小狗。

生命的幸福原来不在于人的环境、人的地位、人所能享受的物质,而在于人的心灵如何与生活对应。因此,幸福不是由外在事物决定的,贫困者有贫困者的幸福,富有者有其幸福,位尊权贵者有其幸福,身份卑微者也自有其幸福。在生命里,人人都是有笑有泪;在生活中,人人都有幸福与忧恼,这是人间世界真实的相貌。

从前,我在乡间城市穿梭做报道访问的时候,常能深刻地感受到这一点。坐在夜市喝甩头仔米酒配猪头肉的人民,他感受到的幸福往往不逊于坐在大饭店里喝 XO 的富豪。蹲在寺庙门口喝一斤二十元粗茶的农夫,他得到的快乐也不逊于喝冠军茶的人。围在甘蔗园吆五喝六,输赢只有几百元的百姓,他得到的刺激绝对不输于在梭哈台上输赢几百万的豪华赌徒。

这个世界原来就是相对的,而不是绝对的,因此幸福也是相对的,不是绝对的。

由于世界是相对的,使得到处都充满缺憾,充满了无奈与无言的时刻。但也由于相对的世界,使得我们不论处在任何景况,都还有幸福的可能,能在绝壁之处也见到缝隙中的阳光。

我们幸福的感受不全然是世界所给予的,而是来自我们对外在或内在的价值判断。我们幸福与否,正是由自我的价值观来决定的。

以直观来面对世界

如果,我们没有预设的价值观呢?如果,我们可以随环境调整自己的价值判断呢?

就像一个不知道金钱、物质为何物的赤子,他得到一千元的玩具与十元的玩具,都能感受到一样的幸福。这是他没有预设的价值观,能以直观来面对世界,世界也因此以幸福来面对他。

就像我们收到陌生者送的贵重礼物,给我们的幸福感还不如知心朋友寄来的一张卡片。这是我们随环境来调整自己的判断。能透视物质包装内的心灵世界,幸福也因此来面对我们的心灵。

所以,幸福的开关有两个,一个是直观,一个是心灵的品味。

这两者不是来自远方,而是由生活的体会得到的。

什么是直观呢?

有源律师问大珠慧海禅师:"和尚修道,还用功否?"

大珠:"用功。"

"如何用功?"

"饿来吃饭,困来眠。"

"一切人总如同师用功否?"

"不同!"

"何故不同?"

"他吃饭时不肯吃饭,百种须索;睡时不肯睡,千般计较,所以不同也。"

好好地吃饭,好好地睡觉就是最大的幸福,最深远的修行,这是多么伟大的直观!在禅师的语录里有许多这样的直观,都是在教导启示我们找到幸福的开关,例如:

百丈怀海说:"如今对五欲八风,情无取舍,垢净俱亡,如日月在空,不缘而照;心如木石,亦如香象截流而过,更无滞碍,此人天堂地狱不能摄也。"

庞蕴居士说:"神通并妙用,运水与搬柴。""好雪片片,不落别处。"

沩山灵佑说:"一切时中,视听寻常,更无委曲,亦不闭眼塞耳,但情不附物,即得……譬如秋水澄渟,清净无为,澹泞无碍,唤他作道人,亦名无事之人。"

黄檗希运说:"凡人多不肯空心,恐落空。不知自心本空,愚人除事不除心,智者除心不除事。""终日吃饭,未曾咬着一粒米;终日行,未曾踏着一片地。与么时,无人我等相,终日不离一切事,不被诸境惑,方名自在人。"

在禅师的话语中,我们处处都看见了一个人如何透过直观,找到自心的安顿、超越的幸福。若要我说世间的修行人所为何事?我可以如是回答:"是在开发人生最究竟的幸福。"这一点禅宗四祖道信早就说过了,他说:"快乐无忧,故名为佛!"读到这么简单的句子使人心弦震荡,久久还绕梁不止,这不是人间最大的幸福吗?

只是在生命的起落之间,要人永远保有"快乐无忧"的心境是何其不易,那是远远越过了凡尘的青山与溪河的胸怀。因此另一个开关就显得更平易了,就是心灵的品味,仔细地体会生活环节的真义。

贫困者有贫困者的幸福
富有者有其幸福
位尊权贵者有其幸福
身份卑微者也自有其幸福

垂丝千尺，意在深潭

现代诗人周梦蝶，他吃饭很慢很慢，有时吃一顿饭要两个多小时，有一次我问他："你吃饭为什么那么慢呢？"

他说："如果我不这样吃，怎么知道这一粒米与下一粒米的滋味有什么不同。"

我从前不知道他何以能写出那样清新空灵、细致无比的诗歌，听到这个回答时，我完全懂了，那是来自心灵细腻的品味，有如百千明镜鉴像，光影相照，使我们看见了幸福原是生活中的花草，粗心的人践花而过，细心的人怜香惜玉罢了。

这正是黄龙慧南说的："高高山上云，自卷自舒，何亲何疏；深深涧底水，遇曲遇直，无彼无此。众生日用如云水，云水如然人不尔。若得尔，三界轮回何处起？"

也是克勤圆悟说的："三百六十骨节，一一现无边妙身；八万四千毛端，头头彰宝王刹海。不是神通妙用，亦非法尔如然，苟能千眼顿开，直是十方坐断！"

众生在生活里的事物就像云水一样，云水如此，只是人不能自卷自舒、遇曲遇直，都保持幸福之状。保有幸福不是什么神通，只看人能不能千眼顿开，有一个截然的面对。

"垂丝千尺，意在深潭。"我们若想得到心灵真实的皈依处，使幸福有如电灯开关，随时打开，就非时时把品味的丝线放到千尺以上不可。

人间的困厄横逆固然可畏，但人在横逆困厄之际，没有自处之道，不能找到幸福的开关才是最可怕的。因为这世界的困境牢笼不光为我一个人打造，人人皆然，为什么有的人幸福，有的人不幸，实在值得深思。

我有一位朋友，是一家大公司的经理，有一天，我约他去吃番薯稀饭，他断然拒绝了。

他说："我从小就是吃番薯稀饭长大的，十八岁那一年我坐火车离开彰化家乡，在北上的火车上我对天发誓：这一辈子我宁可饿死，也不会再吃番薯稀饭了。"

我听了怔在当地。就这样，他二十年没有吃过一口番薯，也许是这样决绝的志气与誓愿，使他步步高升，成为许多人欣羡的成功者。不过，他的回答真是令我惊心，因为在贫困岁月抚养我们成长的番薯是无罪的呀！

当天夜里，我独自去吃番薯稀饭，觉得这被视为卑贱象征的地瓜，仍然滋味无穷。我也是吃番薯长大的，但不管何时何地吃它，总觉得很好，充满了感恩与幸福。

走出小店,仰望夜空的明星,我听到自己步行在暗巷中清晰而渺远的足音,仿佛是自己走在空谷之中。我知道,我们走过的每一步不一定是完美的,但每一步都有值得深思的意义。

只是,空谷足音,谁愿意驻足聆听呢?

在生命里
人人都是有笑有泪
在生活中
人人都有幸福与忧恼
这是人间世界真实的相貌

清净之莲

偶尔在人行道上散步，忽然看到从街道延伸出去，在极远极远的地方，一轮夕阳正挂在街的尽头。这时我会想：如此美丽的夕阳，实在是预示了一天即将落幕。

偶尔在某一条路上，见到木棉花叶落尽的枯枝，深褐色的孤独地站在街边，有一种萧索的姿势。这时我会想：木棉又落了，人生看美丽木棉花的开放能有几回呢？

偶尔在路旁的咖啡座，看绿灯亮起，一位衣着素朴的老妇，牵着衣饰绚如春花的小孙女，匆匆地横过马路。这时我会想：那年老的老妇曾经也是花一般美丽的少女，而那少女则有一天会成为牵着孙女的老妇。

偶尔在路上的行人在陆桥站住，俯视着在陆桥下川流不息，往四面八方奔窜的车流，却感觉那样的奔驰仿佛是一个静止的画面，这时我会想：到底哪里是起点？而何处才是终站呢？

偶尔回到家里，打开水龙头要洗手，看到喷涌而出的清水，急促地流淌，突然使我站在那里，有了深深的颤动，这时我想着：水龙头流出来的好像不是水，而是时间、心情，或者是一种思绪。

偶尔在乡间小道上，发现了一株被人遗忘的蝴蝶花，形状像极了凤凰花，却比凤凰花更典雅，我倾身闻着花香的时候，一朵蝴蝶花突然飘落下来，让我大吃一惊。这时我会想：这花是蝴蝶的幻影，或者蝴蝶是花的前身呢？

偶尔在静寂的夜里，听到邻人饲养的猫在屋顶上为情欲追逐，互相惨烈地嘶叫，让人的寒毛都为之竖立。这时我会想：动物的情欲是如此的粗糙，但如果我们站在比较细腻的高点来回观人类，人不也是那样粗糙的动物吗？

偶尔在山中的小池塘里，见到一朵红色的睡莲，从泥沼的浅地中昂然抽出，开出了一句美丽的音符，仿佛无视于外围的污浊。这时我会想：呀！呀！究竟要怎么样的历练，我们才能像这一朵清净之莲呢？

偶尔我们也是和别人相同地生活着，可是我们让自己的心平静如无波之湖，我们就能以明朗清澈的心情来照见这个无边的复杂的世界，在一切的优美、败坏、清明、污浊之中都找到智慧。我们如果是有智慧的人，一切烦恼都会带来觉悟，而一切小事都能使我们感知它的意义与价值。

在人间寻求智慧也不是那样难的，最重要的是，使我们自己有柔软的心，柔软到我们看到一朵花中的一片花瓣落下，都使我们动容颤抖，知悉它的意义。

唯其柔软，我们才能敏感；唯其柔软，我们才能包容；唯其柔软，我们才能精致；也唯其柔软，我们才能超拔自我，在受伤的时候甚至能包容我们的伤口。

柔软心是大悲心的芽苗，柔软心也是菩提心的种子，柔软心是我们在俗世中生活，还能时时感知自我清明的源泉。

那最美的花瓣是柔软的，那最绿的草原是柔软的，那最广大的海是柔软的，那无边的天空是柔软的，那在天空自在飞翔的云，最是柔软！

我们心的柔软，可以比花瓣更美，比草原更绿，比海洋更广，比天空更无边，比云还要自在。柔软是最有力量，也是最恒常的。

且让我们在卑湿污泥的人间，开出柔软清净的智慧之莲吧！

活的钻石

一个孩子问我:"叔叔,这个世界上有没有比钻石更有价值的东西?"

我问他:"你怎么会问这个问题呢?"

他说:"因为报纸上刊登了一个模特儿穿着一件镶满钻石的礼服,听说价值是一亿呢!"

我说:"有呀!这个世界上所有活着的钻石都比钻石珍贵而有价值。"

"钻石不是矿物吗?怎么会有活的钻石呢?"

我告诉孩子,凡是有价值的、生长着的事物,我们都可以叫它是活的钻石。像我们可以说花是活的钻石、爱是活的钻石、智慧是活的钻石、一个孩子是活的钻石,我摸摸孩子的头说:"你也是活的钻石呀,如果用克拉来算,你的价值也超过一亿呢!"

孩子不可置信地看着我,从他的眼神中,我看到了价值的混乱。但是价值确是如此被混乱的,许多人误以为钻石的价值是真实的,反而不能相信世间有许多事物,其价值犹在钻石之上。就像毒品好了,每次当警方查获大批的海洛因或安非他命,新闻报道常说:"此次查获的毒品,价值五亿四千万元。"这使我们读了感到混乱,因为毒品在不吸毒的人眼中根本是一文不值的,甚至会伤身害命,怎么可以有那么高的"价值"?

钻石虽然不是毒品,它的价值与价钱是值得思考的。钻石作为一种石头,它的价值是中立的,它的光芒,是因为附加的价值而显现。

如果是以钻石来表达爱情的永恒坚贞,钻石就变得有价值。

如果是以钻石来炫耀自己的虚荣,则钻石是一文不值的。

如果是以钻石参加慈善的义卖,去救助那些贫苦的众生,钻石就变得有价值。

如果把钻石收藏于柜中,甚至无缘见天日,则钻石是一文不值的。

有了好的附加价值,使钻石活了起来。

变成虚荣与炫耀的工具,钻石就死去了。

不只是钻石,所有无生命的、被认为珍宝的事物皆是如此,玉石、翡翠、珍珠、琥珀、琉璃、黄金、珊瑚等,并没有真正的价值。

事物的价值是因为"意义"而确定的,意义则是由于"心的态度"而确立的。

如果我们真能确立以心为主的人格与风格,来延伸人生的意义与价值,就会显现生命的诚意,使生活的一切都得到宝爱与珍惜。每一朵花、每一个观点、每一段历程都变成"活的钻石",每一分爱、每一次思维、每一次成长都以"克拉"来计算。

在这无常的世界、每一步都迈向空无的人间,重要的是"活",而不是"钻石"。

每时每刻都是活生生的、都走向活的方向、都有完全的活。

每一个刹那都淳珍宝爱、都充满热诚与美、都有创造的力。

那么,生命就会有钻石的美好、钻石的光芒了。

水中的金影

从前有一个人走过大池塘边,看到水底有金色的影子,很像黄金。

他立即跳入水里要找那黄金,他把水中的泥土一捧一捧地捞起来,一直到把整个池塘弄得混浊不堪,自己又疲累得要命,只好爬回岸边休息。过了一会儿,池水清澈之后,又看到那金色的影子。

他又进去捞,仍然捞不到,这样来回三四次,已经疲累不堪。他的父亲看他久出未归,就跑出来寻找,最后在池边找到他,看他疲累不堪,就问他:"你为什么把自己弄得这么疲困呢?"

他说:"这水底有真金,我明明看见的,可是找了三四趟都没有捞到,才弄得这么疲困。"

父亲仔细地凝视水底真金的影子,立刻知道那金子是在岸边的树上,为什么会知道呢?因为影子既然在水底,金子就不会在水底,影子乃是金子的投射。

后来，他听了父亲的话到树上一找，果然找到金子，父亲就说："这可能是飞鸟衔金，掉落到树上的！"

这是释迦牟尼佛在《百喻经》里讲的"见水底金影喻"，是用来解释无我的空性的，最后，佛陀说了一首偈："凡夫愚痴人，无智亦如是。于无我阴中，横生有我想。如彼见金影，勤苦而求觅，徒劳无所得。"

我很喜欢这个故事，因为它充满了优美的譬喻与联想，我们因为执着于"我"，于是拼命追求，就好像一直扰动真实的净水，而失去生命的实相。当我们以水中的金影当成真实的时候，我们就会一再地跃入水中，到最后只剩下一身的徒劳，什么也得不到。

如果水中的金影到最后令我们发现树上的黄金，那还是好的，最怕的是看见了夕阳的倒影就跳入水中，找了半天一上岸，天色就黑了。

我们如果时常反思人的欲望，会发现现代人的欲望比从前的人复杂强烈得多，生之意趣也变得贫乏得多。为什么呢？因为一来追求的事物多了，人人都变得忙碌不堪；二来生命的永不餍足，使人无法静思；三来所掌握的东西，都是短暂虚幻不实的。

有很多人认为现代人比古代人富有，其实不然，真正的富有是一种知足的生活态度，有钱而不知足的人并不是富有，能安于生活的人才是富有。

于是，我们看到了，现代人住在三十坪的房子，觉得要五十坪才够。有汽车开了，还追求百万的名车。吃得饱穿得暖，还要追逐声色。到最后，还要一个有排场的葬礼，和一块山明水秀的墓地。

于是，我们夜里在庭院聊天的生活没有了，我们在田园里散步的兴致没有了，我们和家人安静相聚的时间没有了，我们坐下来省思的时间没有了。到最后，连生命里的一点儿平安都没有了。

从前在农村社会，年纪大的人都可以享受一段安静的岁月，让生命得到安顿。现在的老年人，非但不知道黄金在树上，反而自己投身于水中金影的捕捞了，我们看到了全身瘫痪还不肯退休的人，看到了更改年龄以避免退休的人，看到了七八十岁还抓紧权力、名位不肯轻放的人！老人不能把静思的智慧留给世界，还跳入水里抓金，这是现代社会里一种令人悲哀的局面。

我常常想，这个世界的人，钱越多越是赚个不停，人越老越是忙个不停，我真不知道，大家是不是有时间来善用所赚的钱，是不是肯停下来想想老的意义。

停下脚步，让扰动的池水得以清净吧！

抬头看看，让树上的真金显现面目吧！

想象的城堡

一位在现代社会受够了烦郁与挫折的青年,决心去找老师学禅,希望能断除生命的烦恼。

他终于在毗邻着海岸的松林中,见到了一个禅师。青年开始向老师诉说了他在生活、社会及情爱中所遭受的种种烦恼,并且说出希望来学习禅的愿望。

安静沉默的禅师,不知道有没有听到青年的诉苦,因为他的眼睛总是看着木屋前的连绵松林,眺望着山崖远方的大海,等到青年停止了说话,禅师自言自语地说:"这帆船遇到满帆的风,行走得好快呀!"

青年转头看海,看到一艘帆船正迎风破浪前进,但随即回过头来,他以为禅师并没有听懂他的意思,于是加重语气地诉说了自己的种种痛苦,因为他在个人的烦恼、爱情的破灭、社会的缺陷、人类的前途中已经快要纠结而发狂了。

禅师好像在听，好像不在听，依然眺望着海中的帆船，自言自语地说："你还是想想办法，停止那艘行走的帆船吧！"

说完，就起身走了。青年感到非常茫然，他的问题甚至没有任何解答，只好回家去。几天以后，他又来拜见禅师，一进门他就躺在地上，两脚竖起，用左脚脚趾扯开右脚的裤管，他的形状正像一艘满风的帆船。

老禅师会心地笑了，随手打开西窗说："你能让那座山行走吗？"青年没有答话，站起来在室内走了三四步，然后坐下来，向老师顶礼，礼拜完后默然下山离去，再度投入红尘。

读完这个故事，我们心里会有一些感受，禅师事实上并未回答青年的问题，青年却自己找到了答案。禅师所回答的有两个层次：一是解决生活乃至生命的苦恼，并不在苦恼的本身，而是在一个开阔的心灵世界，需要想象的开拓，就如同从社会的苦闷进入海洋的帆船一样。二是只有止息心的纷扰，才不会被外在的苦恼所困厄，因此要解脱烦恼，还不如解脱自我意念的清静，正如在满风时使帆船停止。

这种得到自我和谐，不被外境所转动的，是一种禅的消息，也就是"禅心"。

生活在现代社会里，我们每个人都像那被情感、家庭、社会所缠绕的青年，找不到平安的所在，有许多人就那样痛苦地过了一生。

也许，禅的世界里那不可思议的、非思量的、当下即是的、无上微妙的禅心,是我们难以体会的。我们不能把自己变成一艘悠游的帆船,或一座移动的山,但我们把注视人生现实苦闷纠葛的眼光,抬起来,看看屋外的松林,听听松涛的呼唤;甚至往远处眺望无限的大海,以及满风的帆船,而使心中有对生命新的转移与看待,并不是太困难的事。

不能进入禅世界的现代人,也应该在心灵中保有一座想象的城堡,每天有一段时间沉静下来不随着外在世界的事物转动,洗涤自己、清明自己、沉默自己,使自己在想象上有比真实生活更大的时空,具有澎湃宽广的胸襟,才能使苦恼的伤害减到最低。

我时常把进入想象城堡的时间称为"清凉时间",有了清凉时间才可以使一个平常人也有非凡的生活智慧,也才能做一个平常而不平凡的人。

本来面目

我常常觉得在现实社会里，真实的人愈来愈难见了。

所谓"真实的人"，就是有风格的人、特立独行的人、卓尔不群的人、不随同流俗的人，也就是对生活有一套自己的看法，对生命有一个独立的理想目标的人。

这样的人在古代颇为常见，即使到三十年代，中国还出现过许多有风格的人，我把这种人称之为"本来面目"。这"本来面目"就像古代禅师对山说："山啊！请脱掉披覆在你外表的雾衣吧！我喜欢看你洁白的肌肤。"

遗憾的是，我们现代人往往忘失了原来的洁白肌肤，而在外表披覆了雾衣，所以当我们说"古道照颜色，典型在宿昔"的时候特别感触良深，为什么颜色都在古道，典型都在宿昔，我们这一代的人有什么颜色、什么典型呢?

有时候我会想：为什么现代人既没有颜色，也没有典型？然后自己拟出了两个答案，一个是现代人失去了单纯的生活，也失去了单纯的对生命理想的热爱。一般大人物的一天固然是案牍劳形、送往迎来、酬酢交错、演讲开会，二十四小时里难得有十分钟静下来沉思，对生活与生命的本质就难以了然。而小人物呢，为了三餐奔波辛劳，为了逢迎拍马费心，为了物欲享受而拼命，虽然空闲较多，但是夜间或在秦楼酒馆流连，或在家里盯着电视不放，更别说静下来思想了。

这真是这个社会的危机，我时常到乡下去，发现如今的乡下人不再是"日出而作，日落而息"，而是跟随着电视作息，到半夜才眠；都市人更不用说了——为什么没人能静静地坐上几分钟、一小时呢？

一个是现代人常强人所难和强己所难。我们常看到一种情况，一桌酒席下来，主客喝了十几瓶洋酒，请的人心疼不已，仍勉强自己请之；被请的人过意不去，仍勉强别人请之，然后说这是尽兴。

推而广之，是自己不愿做的事推给别人做，或者别人不愿做的事推给自己做。可叹的是，我们做一件事的原因，往往是别人喝完一杯咖啡时，在白纸上写下我们的名字，有时候因为这样决定了我们的一生，反之亦然。所以我们在写下一个名字时，是不是也站在别人的立场想一想呢？

我们的本来面目，就因为生活不能单纯，因为强人所难与强己所难而失去了。久而久之，就像同一厂牌的圆珠笔，每一支虽是独立的个体，而每一支都一样。这像禅宗说的"白马入芦花"，有的人明明是白马，入芦花久了，白白不分，以为自己是芦花了。也像是"银碗里盛雪"，本来是银碗为雪所遮，时日既久，自以为雪，而在时间中融化了。

本来面目非常重要，只有本来面目，才能使我们做一个完整的人，做一个自在的人，以及做一个独立和成功的人。

还我本来面目的第一件事是一天花十五分钟坐下来想想：我是谁？我从哪里来？我要往哪里去？现在的生活是不是我要的？什么生活才是我要的？

然后，我们才有机会做一个有风格的人，做一个真实的人，做我自己。

柔软的耕耘

童年时代,家里务农,种了许多作物,不管是要种什么,父亲带我们做的第一件事情就是翻松土地。

如果是种稻子或甘蔗,就用牛犁,一行一行地把土地翻过来,再翻过去,最少要把两尺深的硬土整个松过一遍。父亲的说法是:"土地是有地力的,种过的土地表层已经耗去地力,所以要把有地力的沙土,从深的地方翻出来。而且,僵硬的土地是什么作物也不能种植的,柔软的土地才是有用的土地。"

如果是尚未种过的土地,就要用锄头松土,因为怕牛犁损坏。先要把地上的杂草拔除。然后一锄一锄地掘下去,掘起来的土中夹着石头,要把石头拾到挑篮里。这些石头被挑到田畔去做水圳,以利灌溉和排水,并保护土地。

第一次耕种的土地要掘到四尺深,工作是非常繁剧的。

"为什么要掘这么深?"有一次我问父亲。

他说:"不管是种什么作物,根是最要紧的,根长得深,长得牢固,作物的生长就没有问题。要根长得深和牢固,就要把石头和野草的根彻底地除去,要使土地松软。土地若是不松软,以后撒再多肥料也没有用呀!"

童年松土的记忆深埋在我的心里,知道强根固本的重要,但若没有柔软的土地,强根固本也就成为妄谈。人也是和土地一样,要把心地松软了,一切菩提、智慧、慈悲,以及好的良善的品性,才有可能长得好。即使是年年长好作物的农田,也要每年除草、松土,才能种新的作物。

因此,一切正面的品德,最基础和根本的就是有一颗柔软的心。

在微细的爱里

苏东坡有一首五言诗,我非常喜欢:

钩帘归乳燕,穴牖出痴蝇。
爱鼠常留饭,怜蛾不点灯。

对才华盖世的苏东坡来说,这算是他最简单的诗,一点儿也不稀奇,但是读到这首诗时,我的心深深颤动,因为隐在这简单诗句背后的是一颗伟大而细致的心灵。

钩着不敢放下的窗帘,是为了让乳燕归来。看到冲撞窗户的愚痴的苍蝇,赶紧打开窗门让它出去吧!

担心家里的老鼠没有东西吃,时常为它们留一点儿饭菜。夜里不点灯,是爱惜飞蛾的生命呀!

诗人那个时代的生活我们不再有了，因为我们家里不再有乳燕、痴蝇、老鼠和飞蛾了，但是诗人的心境我们却能体会，他用一种非常微细的爱来观照万物。在他的眼里，看见了乳燕回巢的欢喜，看见了痴蝇被困的着急，看见了老鼠觅食的心情，也看见了飞蛾无知扑火的痛苦，这是多么动人的心境。我们有很多人，对施恩给我们的还不知感念，对于苦痛地生活在我们身边的人吝于给予，甚至对于人间的欢喜悲辛一无所知，当然也不能体会其他众生的心情。比起这首诗，我们是多么粗鄙呀！

不能进入微细的爱里的人，不只是粗鄙，他也一定不能品味高层次的心灵之爱，他只能过着平凡单调的日子，而无法在生命中找到一些非凡之美。

我们如果光是对人有情爱、有关怀，不知道日落月升也有呼吸，不知道虫蚁鸟兽也有欢喜与悲伤，不知道云里风里也有远方的消息，不知道路边走过的每一只狗都有乞求或怒怨的眼神，甚至不知道无声里也有千言万语……那么就不能成为一个圆满的人。

我想起一首杜牧的诗，可以和苏轼这首诗相配，他这样写着：

已落双雕血尚新，鸣鞭走马又翻身。

凭君莫射南来雁，恐有家书寄远人。

寻找幸运草

在弟弟乡下的花园，酢浆草花开得正盛。小小的紫花像泼墨，渲染在高大的红玫瑰丛下，有一点儿像紫色的流云。

我忍不住蹲下来欣赏，挺直而花瓣分明的玫瑰显得优雅而庄严，所以人们把它用来作为献给爱情的花。柔软而花姿抽象的酢浆草花是那么自在而随兴，所以它不是为奉献而存在，是给细腻的人印心的。

正在出神的时候，弟弟两个可爱的孩子跑来依偎我，问我说："阿伯，你在找什么？"

我揽着两个孩子说："阿伯正在寻找幸运草。"

"什么是幸运草呢？"

我拔起一株连根的酢浆草，教孩子仔细看，我说："你们看，这酢浆草的叶子是三片的，传说如果找到一株四个叶片的酢浆草，叫作'幸运草'，那时就会很幸运，愿望就会成真喔。"

"哇！太棒了，我们也要找幸运草。"

两个孩子很快地钻入花丛中，在玫瑰花与红合欢下搜寻。

孩子们热切的举动，使我莞尔。想到我第一次听到"幸运草"的传说，也是在八九岁的年纪。从那个时候起，我只要看到酢浆草，就会忍不住蹲下来，看看能不能找到幸运草，以使我的愿望实现。

一直到我长大了，还改不了寻找幸运草的习惯。有一天，我在一条河岸边找累了，躺在护岸上看着天空，才猛然想到："我的愿望是什么呢？万一找到幸运草，我怎么样许愿呢？"

当时我是一个少年，愿望非常单纯，像童话一样。如果只能许三个愿望，第一个是成为好作家，写出生命中美好的情景；二是离开小小的故乡，去探访远大的世界；三是找到一位身心灵完全相契的伴侣，过着幸福快乐的日子。

可惜，我一直没有找到幸运草，因此愿望一直得不到许诺。虽然我也写作，企图去触及更美好的情景；我也离开了故乡，带着很深的思念；慢慢地，我也发现了，在广辽的人间，要找到身心灵完全相契的人，是多么渺茫，就好像在草原的酢浆草中找到一株幸运草。

我从来没有找到过幸运草，那株幸运草就更深地埋入了我的心里。

"阿伯！"两个满头大汗的孩子把我从冥想中叫唤出来，"整个花园，都找不到幸运草。"他们的脸上露出失望的表情。

"没关系的，阿伯从小到大都在找，也没有找到过幸运草呢！说不定有一天你们会找到。"我安慰孩子们,接着说:"阿伯给你们比幸运草更棒的东西。"

"是什么?"

我从口袋里掏出两个十元硬币,一人赏一个:"是不是比幸运草更棒?"孩子们开心地笑了,欢天喜地地走了。

这世间,真的有人找到过幸运草吗?到了中年我越来越生起疑情,但那疑情也日渐明晰了起来。

也许,"世上根本没有幸运草"——这是疑情的部分。

也许,"幸运草根本不在草里"——这是日渐明晰的部分。

幸运草多出来的一片,确实不在草里,而在我们的心中。只要我们的心够宽广坚持,只要我们的情够细腻温柔,只要我们的爱够深刻美好,只要我们一直保有喜悦自由的生命姿势,我们的心就会长出一株美丽的、四个叶片宛然的幸运草。

当我们的心比一般人多了一片,在平凡的酢浆草叶中,必然也会观见幸运草的实相。

相契的草一旦宛然,相契的人不也宛然了吗?

柔软心

一

我多么希望,我写的每一个字、每一篇文章都洋溢着柔软心的香味;我的每一个行为都有如莲花的花瓣,温柔而伸展。因为我深信,一个作家在写字时,他画下的每一道线都有他人格的介入。

二

日本曹洞宗的开宗祖师道元禅师,传说他航海到中国来求禅,空手而来,空手而去,只得到一颗柔软心。

这是令人动容的故事,许多人认为道元禅师到中国求柔软心,并把柔软心带回日本。其实不然,柔软心是道元禅师本具的,甚至是人人本具的,只是,道元若不经过万里波涛,不到中国求禅,他本具的柔软心就得不到开发。

柔软心不从外得,但有时由外在得到启发。

三

学禅的人若无柔软心,禅就只是一种哲学,与存在主义无异。

柔软心并不是和稀泥一样的泥巴,柔软心是有着包容的见地,它超越一切,包容一切。柔软心是莲花,因慈悲为水、智慧做泥而开放。

四

有人问我:"为什么草木无心,也能自然地生长、开花、结果,有心的人反而不能那么无忧地过日子?"

我反问道:"你非草木,怎么知道草木是无心的呢?你说人有心,人的心又在哪里呢?假若草木真是无心,人如果达到无心的境界,当然可以无忧地过日子。"

"凡夫"的"凡"字就是中间多了一颗心,刚强难化的心与柔软温和的心并无别异。具有柔软心的人,即使面对的是草木,也能将心比心,也能与草木至诚相见。

五

追鹿的猎师是看不见山的,捕鱼的渔夫是看不见海的。眼中只有鹿和鱼的人,不能见到真实的山水,有如眼中只有名利权位的人,永远见不到自我真实的性灵。

要见山,柔软心要伟岸如山;要见海,柔软心要广大若海。

因为柔软,所以能够包容一切、含摄一切。

六

人在遇到人生的大疑、大乱、大苦、大难时,若未被击倒,自然会在其中超越而得到"定",因定而得清明,由清明而能柔软。

在柔软中,人可以和谐、单纯,进而达致意识的统一。

要见山
柔软心要伟岸如山
要见海
柔软心要广大若海

野狐禅、口头禅,最缺乏的就是柔软心,有柔软心的禅者不会起差别,不会贬抑净土,或密宗,或一切宗派,乃至一切众生。

七

有欲念,就有火气;有火气,就有烦恼。

柔软心使欲念的火气温和,甚至消散,当欲念之火消散了,就是菩提。

从烦恼到菩提的开关,就是柔软心。

八

佛陀教我们度化众生,并没有教我们苛求众生。我们要度化众生应在心中对众生没有一丝丝苛求,只有随顺。众生若可以被苛求,就不会沦为众生了。

随顺,就是处在充满仇恨的人当中,也不怀丝毫恨意。

随顺,就是随着充满黑暗的世界转动,自己还是一盏灯。

随顺,就是看任何一个众生受苦,就有如自己受苦一般。

随顺,是柔软心的实践,也是柔软心点燃的香。

在我们的生命情境中
有很多时候
酸甜苦辣是同时放在一桌的
一个人不可能永远挑甜的吃
偶尔吃点儿苦的、辣的、酸的
有助于我们品味人生

第二辑

识得人生真滋味

生命的酸甜苦辣　　　　　求　好

一滴水到海洋　　　　　　跑龙套的时代

求败的心情　　　　　　　十点八分四十五秒

掌中宝玉　　　　　　　　李铁拐的左脚

林边莲雾　　　　　　　　牛肉汁时代

最苦的最美丽　　　　　　真正的桂冠

一杯蜜是炼过几只蜂的　　水中的蓝天

生命的酸甜苦辣

朋友请我吃饭,餐桌有一道菜是生炒苦瓜,一道是糖醋豆腐,一道是辣椒炒干丝。我看了桌上的菜不禁莞尔,说:"今天酸甜苦辣都到齐了。"朋友仔细看看桌上的菜,不禁拍案大笑。

这使我想到,即使是植物,也各有各的特性:甘蔗是头尾皆甜,柠檬则里外是酸,苦瓜是连根都苦,辣椒则中边全辣。它们的这些特性,经过长时间的藏放也不会失去,即使将它碎为微尘粉末,其性也不改。还有一些做药材的植物,不管制成汤、膏、丸、散,还是经长久的熬制,特质都不散灭。

我们生活中的心酸、甜蜜、苦痛、辛辣种种滋味,不亦如植物的特性吗?一旦我们品尝过了,似乎就永不失去。在我们的生命情境中,有很多时候酸甜苦辣是同时放在一桌的,一个人不可能永远挑甜的吃,偶尔吃点儿苦的、辣的、酸的,有助于我们品味人生。

在酸甜苦辣的生命经验更深刻之处，有没有更真实的本质呢？

若说柠檬以酸为本性，辣椒以辣为本性，甘蔗以甜为本性，苦瓜以苦为本性，那么人的本性又是什么呢？

我们常说"这个人本性不良"，或"那个人本性善良"，可是，我们常看到素性不良的人改邪归正，又常见到公认本性善良的人却堕落了。这种本性似乎是"可转""能改变"的，因此我们语言上所说的"本性"，事实上只是一种"熏习"，是习气的长期熏染而表现在外的，并不是最深刻的自我。

习气是一种莫名其妙的偏执，正如嗜吃辣椒与柠檬的人，说不出是什么原因。但人生的一切烦恼正是由这种偏执产生的。偏执是可矫正的，矫正的方法就是中和，例如，柠檬虽是至酸之物，若与甘蔗汁中和，就变得非常可口。去除习气只有利用中和的方法，人最大的习气不外乎是贪、嗔、痴，贪应该以"戒"来中和，嗔应该以"定"来中和，痴应该以"慧"来中和。一个人能时时中和自己的习气，就能坦然地面对生活，不至于被习气所左右。

我国有一个很有名的民间传说：相传汉朝有一位孟姓女子，幼读儒学，长大学佛，普遍得到乡里的敬爱，年老以后被称为"孟婆"。她死后成为幽冥之神，建了一座"醞忘台"，立在阴阳之界投胎的必经之路。孟婆取甘、苦、酸、辛、咸五味做成一种似酒非酒的汤，称为"孟婆汤"，投胎的人喝了这种汤就完全忘记前世，然后走入今生甘苦酸辛咸的旅程。

　　传说每一个魂魄投胎之前,各种滋味都要尝一点儿才能投胎,这就是为什么人人都要在一生遍尝五味的缘由。传说又说,有的人甜汤喝多了,日子就过得好些;有的人苦汁喝得多,这一生就惨兮兮。

　　"孟婆汤"的传说非常有趣,启示我们:既然投生为人,就不可能全是甜头,生命里是有各种滋味的。

　　甘、苦、酸、辛、咸既是人生的五味,我们就难以只拣甜的来吃,别的滋味也多少会尝一些,如果是不可避免的,就欢喜地吃吧!

　　想想看,人生如果是一桌宴席,上桌的菜若都是蛋糕、甜汤,也是非常可怕的呀!

一滴水到海洋

一位弟子追随一位得道的师父。过了几天，他去请教师父："什么是人生的价值？"师父总是不告诉他，他愈发显得着急，一再地去求教。

有一天，师父被缠不过了，从房子里拿出一块石头，那石头看起来很大，也很美，师父说："你带这块石头到卖蔬菜的市场去卖，但是不要真的卖出去，只要试着卖，看看蔬菜市场的人可以出什么样的价钱。"

那个弟子真的带着石头到蔬菜市场去试卖。很多人围过来看，有的说："这么美的石头可以给孩子玩儿。"有的说："这么大的石头当秤锤刚刚好。"于是人们纷纷给石头出价，从两元到十元不等。

弟子带着石头回来见师父，说："在蔬菜市场，这个石头只能卖到十元的价钱。"

师父又说:"现在你把这石头拿到黄金的市场去卖,但是不要真的卖出去,看看黄金市场的人可以出什么样的价钱。"

弟子照着吩咐去做了。当他从黄金市场回来的时候,很高兴地向师父报告:"在黄金市场,他们出的价钱很好,这石头可以卖到一千元。"

师父又说:"现在,你把这石头拿到珠宝店去,还是不要卖出去,只要看看珠宝店的人可以出到什么样的价钱。"

弟子拿石头到珠宝店去卖时,他简直无法相信,因为第一个人就出价五千元,由于他不卖,珠宝店的人竟一直加价,最后加到几十万元。弟子还是不肯卖,最后珠宝店的人说:"只要你肯卖,任你开个价吧!"弟子说:"我只是奉师父之命来试这个石头的价钱,不管出多高的价,我的石头都是不卖的。"弟子离开珠宝店的时候,他心想,黄金市场和珠宝店的人简直是疯狂,因为在他看来,一块石头能卖十元就够好了。

他回来向师父报告在珠宝店得到的开价,师父说:"一块石头的价值,是由了解的深浅而定的。如果一个人没有够好的眼睛,所有的石头,价值都不会超过十元,正像你在蔬菜市场遇到的那些人。你每天追着我问人生的价值,可是你的眼睛只停在蔬菜市场的层次,我给你一个钻石,你也会以为只值十元。如果你成为珠宝商,认识真正的宝石,我给你的宝石才会成为无价。现在,你先不要向我要人生的宝石,先使你自己拥有珠宝商的眼睛,那时候你来找我,我就会教你人生的价值。"

这是苏菲修行者的故事,它有两个重要的寓意:

一是想要追求人生更高的奥秘,一定要在心灵上有所准备,要养成慧眼,这样才能承受真正的"道的宝石",如果没有慧眼,最好的钻石摆在眼前也与石头无异。

二是万事万物并没有绝对的价值,而是缘于了解的深浅而显示价值的高低,唯有心灵的提升才能坚持出一种绝对的价值。有绝对价值的人,吃饭喝茶中都有深奥的境界,因为人生的奥义并不在那相对与分别的世界,而在绝对的性灵中。

不久前,我去参观一个奇石的展览,就想到苏菲的这个故事,那所谓的奇石全不假人工的雕琢,而是捡拾自深山、溪流、海边,个个都有奇特的风姿。它们的定价从数千到数十万都有,如果不是收藏奇石的那个圈子里的人,很难理解为什么一块石头可以卖到几十万。但是听说有很多是非卖品,即使那个圈子里的人愿意花几十万元买石头也买不到呀!

那些原在深山、海岸、溪畔的奇石,普通人根本就懒得去捡,所以发现而捡拾的人就可以说是慧眼独具了,他们的慧眼则是在对石头的爱与了解中产生的。当然也有人为了卖钱而捡石头,有一位奇石收藏家就告诉我:"为了卖钱而捡石头的人,往往捡不到最好的石头。"

但是,不管是为爱而捡或为钱而捡,不管有什么样的定价,不管是在深山或在艺术馆的架上,一块石头的本质是不会改变的,在改变与波动着的只是我们的眼睛,我们的心。

石头存在的本身就饱含了价值,不因慧眼或俗眼而改变。其实,万物的本身都有不可替代、无法定价、深刻无比的价值,此所以"森罗万象许峥嵘",此所以"翠竹皆是法身,黄花无非般若",此所以"溪声尽是广长舌,山色岂非清净身"……

保持内心如宝石一样的质量,比起为宝石定各种价钱要高明得多了。

从前,牛顿在苹果树下,被一个苹果打中而发现地心引力。这是多么伟大的发现,但是如果没有那个适时落下的苹果,可能要晚几百年才会被发现。所以,也许市场里一个苹果卖十块钱,可是一个苹果也可以是地心引力的引信,也可以是无价的。

有一个这样的笑话——

一个孩子读了牛顿发现地心引力的故事,就跑去坐在苹果树下,想自己说不定也可以发现什么大的道理。他坐在苹果树下胡思乱想,为什么苹果树这么高大,却长出这么小的苹果,而大西瓜却相反,长在小小的西瓜藤上?小苹果长在大树上,大西瓜却长在小小的藤上,这里面一定有什么伟大的道理吧?

正在苦思的时候,一个苹果"啪"的一声落在他的头上,他突然欣喜若狂地发现了:"还好是一个苹果,如果是大西瓜落下来,我还会有头在吗？原来大西瓜长在地上是有道理的，至少落下的时候不会有人受伤。苹果长在大树上是很好的，西瓜长在地上也是很好的，万物的存在都有它的道理。"

事物的价值源自人心的价值，如果心的价值不被发现与确立，事物的价值也就得不到确立了。有一个朋友千里迢迢带回来大陆寺庙改建时拆下的砖送我，说是唐朝的砖。我左看右看，端详这块朋友口中"伟大而有历史的砖"，却总是看不出它的殊异之处。我想，如果把这块砖放在忠孝东路人群最多的地方，也不会有人捡拾，或者第二天就被清道夫丢进垃圾车里。这块毫不起眼儿、重达五公斤的砖块，以锦盒包装，被抱在怀中，飞山越海，到我的手上，只是因为在我们的心里先确立了，才会发现它的价值呀！

当一个人的心没有价值观与质量感时，当一个人的心只有垃圾时，所看见的世界也无非是垃圾！

在现代社会，真实的价值之所以被隐没，就是人心被隐没的结果。

假若说，人心的价值是一滴水，万物存在的价值是一片广大的海洋，那么唯有发现心里一滴水的人，才能体会海洋也是一滴水的汇集与映现。轻视一滴水，就是轻视整个海洋，而能品味一滴水，也就能品尝海洋的真味了。

轻视一滴水
就是轻视整个海洋
而能品味一滴水
也就能品尝海洋的真味了

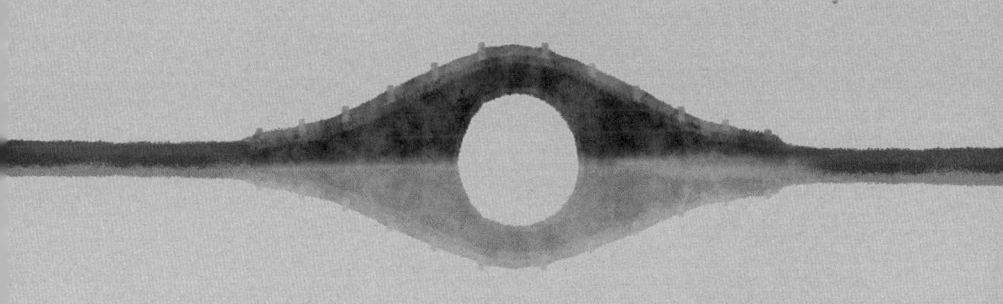

求败的心情

记得以前看过一副财神的对联,是用财神的心情说的,非常有趣:

能有几文钱,他也要,你也要,给谁是好?
全无半点福,朝也求,暮也求,叫我为难!

说来也是真的,这世界的钱财有限,个人所能求到的钱财也有限,但是大家都想求财,连财神爷也不知给谁是好。而对于一个没有福分福报的人,偏偏却早晚来求,连财神爷也为难不已。

还有一句俗语说:"钱有两戈,伤害古今人品。"是说了钱与人品的关系,有了钱不一定对自己有帮助。

自然,这并不表示我们不应有钱,是说钱不会凭空而落,对于不能脚踏实地的人,钱一旦落下可能反而无福消受。因此,求人不如求己,有求不如无求，这正是老子所说的："唯其无争，故天下莫能与之争。"

在中国古代，最能争的莫过于皇帝，最能求的也莫过于皇帝了，但是最近读清朝顺治皇帝出家时写的自叹诗，发现即使连皇帝，所争的也是有限。

顺治皇帝出家自叹诗的开头这样道：

> 天下丛林饭似山，钵盂到处任君餐；
> 黄金白玉非为贵，唯有袈裟披最难。
> 朕为大地山河主，忧国忧民自转烦；
> 百年三万六千日，不及僧家半日闲。
> 来时糊涂去时迷，空在人间走一回；
> 未曾生我谁是我？生我之后我是谁？

顺治皇帝是开国之君，声威何等显赫，权势无与伦比，要什么有什么，为何到终了出家以终，主要是明白了天地间仍有不得求的事物，贵如皇帝也不例外，光是一个"闲"字就求不到了。这首诗的最后，他感叹道：

> 金乌玉兔东复西，为人切莫用心机；
> 百年世事三更梦，万里乾坤一局棋。

禹疏九河汤放桀，秦吞六国汉登基。
古来多少英雄汉，南北山头卧土泥。
黄袍换得紫袈裟，只为当年一念差；
我本西方一衲子，为何落在帝王家？
我今撒手西方去，不管千秋与万秋。

说明了他出家的缘由，你看那禹汤何等圣明，秦汉又何等威风，到头来不都只像一盘棋吗？

可见无求却是胜过有求。另外还有一种人不是有求也不是无求，而是"求败"。我们在武侠小说中常看到东方不败、独孤求败这样的人物，他们的武功太强了，天下无有匹敌者，因此一辈子没有败过，为了亲尝失败的心情与滋味，不惜千里奔波，到处转战。

我们看到这种典型人物，年轻时不能解其意，到了中年才知道有深意在，因为一个人假如没有成功过，固然是痛苦，假若不幸没有失败过，也是痛苦的。没有成功过和没有失败过，其实都是一样，并未能领会真实的人生。没有失败过的人求失败是可以理解的心情，但仍然有求，他的痛苦和一向失败的人求成功是一样的。

近代高僧弘一大师在《南闽十年之梦影》中说：

"我的性情是很特别的，我只希望我的事情失败，因为事情失败，不完满，这才使我发大惭愧，能够晓得自己的德行欠缺，自己的修养不足,那我才可努力用功,努力改过迁善!"

不论什么事,总希望他失败,失败才会发大惭愧,倘若因成功而得意,那就不得了了!"

这才算是真正说出失败的好处,失败既然与成功一样有许多好处,那么我们遇到成功时又有何喜?逢到失败时又有何忧?不以得喜,不以失忧,才能无求、才能平等、才能无为、才能无染、才能不杂,也才能同时从成功与失败中找到智慧的花果。

我想,对于有智慧的人,玉不比瓦贵,因为他的无求,才能逢玉用玉,见瓦用瓦;遇钻石亦喜,遇木炭亦喜。

所以说,不论因成功而得意,或因失败而烦恼时,就告诉自己:没有失败的成功有何意义呢?

掌中宝玉

　　一位想要学习玉石鉴定的青年,听说在远处有一位老年的玉石家,他就不远千里地去向老师傅学艺。

　　当他见到老师傅,说明了自己学玉的志向,希望有一天能像老师傅一样成为众人仰佩的专家。老师傅拿一块玉给他,叫他捏紧,然后开始给他上中国历史的课程,从三皇五帝夏商周开始讲,讲了几个小时,却一句也没有提到玉。

　　第二天他去上课,老师傅仍然交给他一块玉叫他捏紧,又继续讲中国历史,一句也不提玉的事。就这样,光是中国历史就讲了几个星期。接着,他向年轻人讲中国的风土人文、哲学思想,甚至生命情操,除了玉石的知识之外,老师傅几乎什么都讲授了。

　　而且,每天他都叫那个青年捏紧一块玉听课。

　　几个月以后,青年开始着急了,因为他想学的是玉,没有想到却学了一大堆无用的东西,有一天,他终于鼓起勇气,希望向老师表明,请老师开始讲玉的学问。

他走进老师的房间,老师仍照往常一样交给他一块玉,叫他捏紧,正要开始谈天的时候,青年大叫起来:"老师,您给我的这一块,不是玉!"老师笑起来说:"你现在可以开始学玉了。"

这是一位收藏玉的朋友讲给我听的故事,有非常深刻的启示。

对于学玉的人,要为成玉石专家,不能光是看石头本身,因为玉石与中国文化是不可分的,没有深厚的文化素养,不可能懂玉。所以,老师不先教玉,而是先做文化通识的教化;其次,进入玉的世界的第一步,是分辨是不是玉,这种分辨不只是知识的累积,常常是直觉的反应。

如果我们把这个故事往人生推进,也可以找到许多深思的角度,一是学习任何事物而成为专家都不是容易的事,必须经过很长时期的训练。二是在成为专家之前,需要通识教育,如果想要成为中国玉石专家,就要先对历史、人文、哲学、思想、性格有基本的识见,否则光是懂一些普通技术有何意义?三是成为专家的第一步,应该有基本的判断,有是非之观、明义利之辨、有善恶之分,就如同掌中的宝玉,凭着直觉就知道为与不为,这才可以说是进入知识分子的第一步了。

这世界上任何有价值的智慧,都不是老师可以一一传授的,完全要依靠自己的体会。老师能教给我们宝玉,能不能分辨宝玉却要靠自己,那是由于宝玉不仅在掌中,也在心中。

每个人的心灵都有一块宝玉,只是没有被开发,大部分的人不开发自己的宝玉,却羡慕别人手上的玉,就如同一只手隐藏了原有的玉,又伸手向别人要宝物一样,最后就失去了理想的远景和心灵的壮怀了。

所以,每天把自己的玉捏一捏,久而久之,不但能肯定自己的价值,也能发现别人的美质,甚至看见整个世界都有着玉石与琉璃的质感。

林边莲雾

到南部演讲，一位计程车司机来看我，送我一袋莲雾。

他说："这莲雾不同于一般莲雾，你一定会喜欢的。"

"这莲雾有什么不同吗？"我把莲雾拿起来端详，发现它的个儿比一般莲雾小一点儿，颜色较深，有些接近枣红。

"这是林边的莲雾，是我家乡的莲雾呀！"他说。

"林边不是盛产海鲜吗？什么时候也出产莲雾呢？"我看着眼前这位出身于海边，而在城市里谋生的青年，他还带着极强的纯朴勇毅的乡村气息。

青年告诉我，林边的海鲜很有名，但它的莲雾也很有名，只可惜产量少，只有下港人才知道，不太可能运送到北部。加上林边莲雾长得貌不起眼儿，黑黑小小的，如果不知味的人，也不会知道它的珍贵。

来自林边的青年拿起一个他家乡的莲雾，在胸前衬衫上来回擦了几下，莲雾的光泽便显露出来，然后他递给我叫我当场吃下去。

"要不要洗一下？"我说。

"免啦，海边的莲雾很少洒农药。"

我们便在南方旅店里吃起林边莲雾了，果然，这莲雾与一般的不同，它结实香脆，水分较少，比一般莲雾甜得多，一点儿也吃不出来是种在海边的咸地上。我把莲雾的感想告诉了青年，他非常开心地笑起来，说："我就知道你会喜欢，今天我出门要来听你的演讲，对我太太说想送一袋莲雾给你，她还骂我神经，说：'莲雾也不是什么贵重的东西！'我就说了：'心意是最贵重的，这一点林先生一定会懂。'"

我听了，心弦震了一下，我说："即使不是林边的莲雾，我也会喜欢的。"

"那可不同，其他莲雾怎么可以和林边的相比！"他理直气壮地说道。

我也学着他的样子，拿一个莲雾在胸前搓搓，就请他吃了，我们两人就那样大嚼林边莲雾，甚至忘记这是他带来的礼物，或是我在请他吃。

话题还是林边莲雾，我说："很奇怪，林边靠海岸，怎么可能生出这样好吃的莲雾？"

"因为林边的地是咸的，海风也是咸的，莲雾树吸收了这些盐分，所以就特别香甜了。"他说。

"既然吸收的盐分,怎么会变成香甜呢?"

"它是一种转化呀!海边水果都有这种能力,像种在海岸的西瓜、香瓜、番茄,都比别的地方香甜,只可惜长得不够大,不被重视。也可以说是一种对比,就像我们吃水果,再不甜的水果只要蘸盐吃,感觉也会甜一些。"这一段话真是听得我目瞪口呆,从盐分变成香甜感觉上是那样的自然。

看我有点儿发怔,青年说:"这很容易懂的,就像如果我们拿糖做肥料,种出来的不一定甜,前一阵子不是有些农人在西瓜藤上打糖精吗?那打了糖精的西瓜说多难吃,就有多难吃!"

在那一刻,我感觉眼前的林边青年,就是一位哲学家。后来,他告辞了,我独自坐在旅舍里看着窗外黯淡的大地,吃枣红色的林边莲雾,感受到一种难以言说的滋味,感念这青年开老远的车,送我如此珍贵的礼物,也感念他给我的深刻启发。

在生命里确实是这样的,有时我们是站在咸地上,有时还会被咸风吹拂,这是无可如何的景况,不过,如果我们懂得转化、对比,在逆境中或者可以开出更香脆甜美的果实。

这样想来,林边莲雾是值得欢喜赞叹的,它有深刻的生命力,因而我吃它的时候,也不禁有庄严的心情。

最苦的最美丽

每次到台北"故宫",我都会绕个弯转去看《白玉苦瓜》。

白玉苦瓜与翠玉白菜都是台北"故宫"的镇馆之宝,大小均只能盈握,白玉苦瓜美在玉质,温润含蓄;翠玉白菜美在巧思,灵活细致。

我更爱白玉苦瓜,常常站在那块玉前面沉思,如果要选出世界上最美的瓜果,非苦瓜莫属。白玉苦瓜只是以一块好玉传神出苦瓜之美,真正的苦瓜若摆在故宫的橱窗,它的美也令人屏息。

奇妙的是,世界上最美的瓜,也是世界上最苦的瓜。

其中,是不是隐含了深深的禅意呢?

苦瓜不只是瓜美,它是从初生一直到老枯,都是一路美到绝处的。

我的父亲曾种过苦瓜田,一甲地上全架了竹棚,新生的苦瓜藤,生长的速度有如奔云,一路上往竹棚飞跑;大如手掌的绿叶追赶着触须,很快就占满了棚架。

开花的时候到了,整个棚架在一夕之间,全被鹅黄色的花占满,满满一架的苦瓜花,在晨风中摇动美丽的手掌,站在花下望着的孩子,总是被那种美昏眩。

每天都去看苦瓜,看见从花的尾部拉出一条瘦如小指的瓜,瓜上还有纤纤的绒毛,顶部的花也不落去,仿佛小苦瓜还撑着黄伞,躲避南台湾的烈阳。

美丽的苦瓜成型了,如同白玉长出了结子,玛瑙生出了天眼,像佛头一样的肉髻,布满的整颗瓜。清晨上学的时候,穿过苦瓜棚,走上乡间的小路,每条苦瓜上都有晶莹的露水,更显露了透明、温润的美。

瓜期过了,瓜棚上的叶子迅即萎落,只留下千回百转的瓜藤,妈妈会在有月光的晚上,剪断瓜藤,把它塞进玻璃瓶里,隔了一天一夜,每一棵苦瓜藤都会流下几滴眼泪,把那些眼泪凑成一整瓶,这就是珍贵无比的"苦瓜霜",听说是美容圣品,比西瓜霜还要清凉美白。

这就是苦瓜的身世了,它的一生几乎是为美而存在,花、果、藤蔓甚至是最后的几滴血泪,都毫无顾惜地献给人间了。

我从小嗜吃苦瓜,不只是苦瓜的滋味深长,也是感动于苦瓜的身世,更是觉得苦瓜的 生充满了禅意。

最美丽的瓜是最苦的!

对于追求人生美好的人,是不是也要有苦的准备,与耐苦的内涵呢?

一生为奉献而存在的苦瓜,正如同为慈悲而存在的菩萨一样。菩萨把头目骨血布施人间,那是因为他深深了解生命的苦楚。给出一切美好的,独饮生命的苦汁。

我很喜欢关于苦瓜的一个寓言:

一群要出发朝圣的弟子,去向师父拜别。

师父送给他们一个苦瓜,对他们说:"你们随身带着这个苦瓜,记得把它浸泡在每一条你们经过的圣河,并且把它带进你们所朝拜的圣殿,放在圣桌上供养,并朝拜它。"

弟子们朝圣走过许多圣河圣殿,依照师父的教言去做。

回来以后,他们把苦瓜交给师父,师父叫他们把苦瓜煮熟,当作晚餐。

晚餐的时候,师父吃了一口,然后语重心长地说:"奇怪呀,泡过这么多圣水,进过这么多圣殿,这苦瓜竟然没有变甜。"

弟子听了,好几位立刻开悟了。

这苦谛的人生呀!不管透过什么,透过灵命双修或透过灯红酒绿;不管走过什么,走过权势名利或走过潦倒暗淡;不管穿过什么,穿过文史哲学或穿过酒色财气……人生本质的苦都不会改变,在棚架里的苦瓜,放在富豪的餐宴,与鱼翅燕窝同席;或放在穷人的饭桌,与咸菜豆腐共枕,滋味都是一样的苦呀!

在苦中行走的人，只有专注地前进，在苦中不失去美好的心情、朝圣的心情，才能体会其中的深意。

想到苦瓜，我就想到从前穿越的槟榔林、柠檬园、辣椒田的情景。

台东的槟榔林开花，香闻数里，令人清醒，谁会想到那令人迷醉的果子，是来自如此清沁而芬芳的花呢？

高雄内门的数甲柠檬园开花，我们去找住在园中的堂哥，被柠檬花的香甜熏得就像泡入整桶的香油，谁又能想到那酸至极点的果子，是由甜香至顶点的花所结成？

彰化田尾的一片红艳，使我忍不住停车驻足，原来是一片辣椒田，无数的辣椒红艳一片，再美的花都会为之逊色。谁又能想到，那些辣得令人喷火迸汗的朝天椒，竟有如此美丽的前世呢？

酸甜苦辣，都有深刻的寓意呀！

我站在那个白玉苦瓜之前，凝思，如果生命能切入千古中的一瞬，苦、集、灭、道，也是无分别的事！

生命的过程原是平淡无奇
情感的追寻则是波涛万险
如何在平淡无奇
波涛万险中酿出一滴滴的花蜜
这花蜜还能让人分享
还能流传
才算不枉此生

功,因为人是有许多螫刺的。

养蜂的人告诉我,蜜蜂有时也是有侵略性的。当所有的花蜜都采光的时候,急需蜂蜜来哺育的蜜蜂就会倾巢而出,到别的蜂巢去抢蜜,这时就会发生一场激烈的战斗,直到尸横遍野才分出胜负——人何尝不是如此?仓廪实才知荣辱,衣食足才知礼仪。

为了应付无蜜的状况,养蜂人只好欺骗蜜蜂,用糖水来养蜜蜂,让他们吃了糖水来酿蜜,用来供应爱吃蜜的人们——再精明的蜜蜂都会上当,就像再聪明的人也会上当一样。

蜜蜂是社会性的群居动物,在某些德行上和人是很接近的,但是不管如何,蜜蜂是可爱的,它们为了寻找花中甘液,万苦不辞,确实有一些艺术的境界。在汲汲营营的世界里,究竟有多少人能为了追求甘美的人生理想而永不放弃呢?

旧时读过一则传说,其中有些精神与蜜蜂相似,那是记载在《辍耕录》里的传说:

有年七八十老人,自愿舍身济众,绝不饮食,惟澡身啖蜜经月,便溺皆蜜。既死,国人殓以石棺,乃满用蜜浸之,镌年月于棺盖之。俟百年后启封,则成蜜剂。遇人折伤肢体,服少许,立愈。虽彼中也不多得。俗曰蜜人。

这个蜜人的传说不一定可信，但是一个人的牺牲在百年之后还能济助众人，可贵的不在他的尸体化成一帖蜜剂，而在他的精神借着蜜流传了下来。

蜜蜂虽不澡身，但是它每天啖蜜，让人们在夏季还能享受甘凉香醇的蜜茶。在啖蜜的过程中，有许多蜜蜂要死去，未死的蜜蜂也要经过许多生命的熬炼，熬呀熬，才炼出一杯蜜茶。光是这样想，就够浪漫，够令人心动了。

在实际人生中也是如此，生命的过程原是平淡无奇，情感的追寻则是波涛万险，如何在平淡无奇、波涛万险中酿出一滴滴的花蜜，这花蜜还能让人分享，还能流传，才算不枉此生。虽然炼蜜的过程一定是痛苦的，一定要飞过高山平野，一定要在好大的花中采好少的蜜，或许会疲累，或许会死亡。

可是痛苦算什么呢？每一杯蜜都是炼过几只蜂的。

求　好

有好多人喜欢讲生活品质，他们认为花的钱多、花得起钱就是生活品质了。

于是，有愈来愈多的人，在吃饭时一掷万金，在置衣时一掷万金，拼命地挥霍金钱，当我们问他为什么要如此，他的答案是理直气壮的——"为了追求生活品质！为了讲究生活品质！"

生活？品质？

这两样东西到底意味着什么呢？

如果说有钱能满足许多的物质条件就叫生活品质，是不是所有的富人都有生活品质，而穷人就没有生活品质呢？

如果说受教育就会有生活品质，是不是所有的大学生都有生活品质，没受教育的人就没有生活品质呢？

如果说都市人才有生活品质，是不是乡下人就没有生活品质呢？

是不是所有的都市人都有生活品质呢?

答案都是否定的,可见生活品质乃不是某一阶层、某一地区,或甚至某一时代的专利。古人也可以有生活品质,穷人、乡下人、工匠、农夫都可以有生活品质。因为,生活品质是一种求好的精神,是在一个有限的条件下寻求该条件最好的风格与方式,这才是生活品质。

工匠把一张桌子、椅子做到最完美而无懈可击的地步,是生活品质。

农夫把稻田中的稻子种成最好的收成,是生活品质。

穷人买一个馒头果腹,知道同样的五块钱在何处可以买到最好品质的馒头,是生活品质。

家庭主妇买一块豆腐,花最便宜的钱买到最好吃的豆腐,是生活品质。

整个社会都能摒弃那不良的东西,寻求最好的可能,这个社会就会有生活品质了。因此,我们对生活品质最大的忧虑,乃不是小部分人的品位不良,而是大部分人失去求好的精神了。

在一个失去求好精神的社会里,往往使人误以为摆阔、奢靡、浪费就是生活品质,逐渐失去了生活品质的实相。进而使人失去对生活品质的判断力,只好追逐名牌,用有名的香水、服装、皮鞋,以至名建筑师盖的房子,来肯定自我的生活品质,这是为什么现代社会名牌泛滥的原因。

有钱人从头到脚,从房子到汽车,从音响到电视用的都是名牌,那些名牌多得让人忘记了自己的名字。

一般人欣羡之余,心生卑屈,以为那是生活品质,于是想尽方法不择手段去追求"生活品质",甚至弄到心力交瘁、含恨而死。君不见被警察抓到的大流氓乃至小妓女,戴劳力士,开进口车,全身都是名牌吗?

真正的生活品质,是回到自我,清楚衡量自己的能力与条件,在这有限的条件下追求最好的事物与生活。再进一步,生活品质是因长久培养了求好的精神,因而有自信、有丰富的心胸世界;在外,有敏感直觉找到生活中最好的东西;在内,则能居陋室而依然能创造愉悦多元的心灵空间。

生活品质就是如此简单;它不是从与别人比较中来的,而是自己人格与风格求好精神的表现。

跑龙套的时代

遇到一位在平剧学校教书的老师,他说:"所有舞台上的大明星都是从跑龙套开始的,可惜,到后来他们都忘了跑龙套的日子,以为自己是天生的明星。"

他又说:"在舞台上,主角总是最少的,大部分的人都在跑龙套。我们的实际人生何尝不是这样呢?人人都在跑龙套,那真正的主角只有一两位。"

关于龙套,他还有一个心得:"凡是当主角的人,都是在跑龙套时聚精会神,努力跑龙套的人。那些跑龙套时随随便便的人,你几乎可以确定地说:这个人是永远不可能当主角的。"

"跑龙套跑久了,确实会令一个有可能造就的人堕落,但那些后来出头的人就是长期跑龙套也不会堕落的。"

听了这一大套龙套的哲学,真是给人带来极大的启示,所谓"戏台有人生"正是如此，其实生在这个时代，也可以说是"龙套的时代"，因为真正的主角确实很少，而大部分的主角也不是绝对的主角，时迁势移之后，主角可能再变成为龙套，甚至有的连戏台也上不去了。

从更大的层面来说，戏台上的主角何尝不是时间与环境造就出来的龙套呢？能看透这一点，才是探触到"这是跑龙套的时代"的本质所在。

例如，最近社会上有两起极重视的换角事件，一是某汽车公司的总经理临时被阵前换将，使得这位人人敬佩的经营家失去了自己的舞台；一是某大家电业者的"家变"，曾经冲锋陷阵，被视为家族中最有才华的总经理，被家族斗出舞台之外，失去了舞台。

舞台的失去是对长期做主角的人最严重的打击，因此，我们看到这两位大众人物黯然落泪离开岗位的情景。从这里，一般人可以领悟到：世间没有永远提供自己演出的舞台，项羽在乌江失去了舞台，但刘邦何尝有过动人的演出呢？

大人物有大舞台，但也演出较大的悲剧；小人物只有小舞台，演出一些较小的悲剧，这是人生的真情实景，往往在戏的最高潮，就要等待落幕了。

在人生里跑龙套实是无可如何的事，但我们是龙套人物也无妨，只要跑时聚精会神，不因为人微言轻台词少而堕落，也就够了。万一运气来了，总也有熬成主角的一天。

熬成主角的时候，千万不要忘了过跑龙套的日子，要知道再辉煌的戏码也会过去，这样，不管是当主角，跑龙套，甚至失去了舞台，都会坦然自在。

一个人要当自己的主角，只有在看清楚整个舞台的流变才有可能，你看，那舞台上扮皇帝、扮乞丐的不是同一个人吗？他不是一样演得很起劲儿吗？

十点八分四十五秒

我时常留意报刊杂志上的钟表广告,发现大部分的钟表都指在一个接近的时间上,十点八分四十五秒是最普遍的,也有十点九分零秒的,也有十点十分三十秒的,不管表针指的时间是多少,时针和分针一定呈"V"字形。

据说钟表之所以指在这个时间上,是西方的许多心理学家共同研究出来的。一则它呈"V"字形,在西方是胜利的象征;二则它同时上扬,有美学形式,令人感到欣悦;三则它的形状如鸟展翅,给人奋发之感。有这种种的好理由,所以全世界的钟表广告,不分地域、不分种族,时间全指向十点十分左右。

可是,有一个更重要的实质因素,却被心理学家忽略,就是十点十分在一天之中到底象征了什么?

钟表是工商时代的产物,一有了钟表,人们就脱离了日出而作,日落而息的农业时代。那么工商时代的生活如何呢？一般的企事业单位是在八点左右上班，私人的机构约在九点上班，商店是在十点钟开门，十点十分无疑是一个人一天中最好的时间。八点刚刚睡醒不久，头脑还处在昏沉状态；九点则尚未安心，工作不能就绪。到了十点十分左右，头脑也清醒了，工作也安顿了，正处在精神与效率的巅峰，不论做任何工作，这个时候大概都是最得心应手的。

十点十分也是决策的时间，许多公司在这个时间开主管会议，许多决策多在这个时刻决定，那是因为大家在这个时间最清醒。所以说，正如钟表广告所指出的，十点十分是人一天中最好的时刻，是最好的定点。我想世界上大概很少有人在十点十分赌博、杀人、淫邪、放纵的，那么它不只是最好的时刻，也是最善良、最清净的时刻。

我有时路过钟表店，总会注意店中悬挂钟表的时间，假如看到所有的钟表都指向十点八分四十五秒，就感觉这是美感和讲究品质格调的店；反之，若看到一壁的时间都乱七八糟指向不同的方向，则会大为感叹，为什么不能选择最好的时间呢？

钟表如此，人生亦然，如果我们常把一天或一生的标准定在十点八分四十八五秒的巅峰，常保持那样的上扬、奋发、清明、觉醒、善良、清净，充满了活力与干劲儿，成功又有什么困难呢？

李铁拐的左脚

读黄永武教授的《爱庐小品》,其中有一篇谈到李铁拐的文章,非常有趣,引人深思。

黄教授谈到八仙中的李铁拐,跛了一脚,手扶铁拐杖,还背了一个装有灵药的葫芦,他不禁感到疑惑:"既然有仙人的灵术、灵药,为什么不先把自己的跛脚医好呢?"

"我猜铁拐李不治好自己的跛脚,是为了向世人展示:重心不重形。仙人重视心灵的万能,不重视臭皮囊的外壳。一般人外形有了残障,回护之心特重,不许别人说着他真正的缺陷处,不幸有人触及讪笑,甚至会动杀机。然而形貌的美丑,是贪恋世间者的品味,凡世味沾染得愈浓,愈不易入道,成道的仙人,早明白'自古真英雄,小辱非所耻'的道理,不会把外形的美丑放在心上的。"

——黄教授下了这个结论。

读到这篇文章，令我想起了自己最早对李铁拐有印象，是从"八仙彩"和"八仙桌"来的。从前的台湾乡下，每逢节庆或嫁娶，门口一定要挂八仙彩，桌子也要围一条八仙彩，绣工细致、艳丽华美，传说一方面可以辟邪，一方面可以讨吉利。

八仙彩上绣着汉钟离、张果老、韩湘子、李铁拐、曹国舅、吕洞宾、蓝采和、何仙姑，形貌各异，而且突出，有老有少、有男有女、有美有丑。我在少年时代就时常想：为什么仙界的人不都是俊美年轻的神仙呢？那集合了老少美丑的仙界不也像人间一样不公不平吗？有什么值得追求的呢？

再进一步想：仙人也会老吗？仙人也会残缺吗？

每次一问大人，他们总是说："囝仔郎，有耳无嘴，管什么神仙的大志！"最后总是不了了之。

不过，在八仙里我最喜欢李铁拐，因为他最有人味，最有亲和力，传说也最多。李铁拐为什么是跛脚的呢？有好几种说法——

一说，铁拐李早年长得非常英俊魁梧，从小就修道。后来，他率弟子在岩穴修行，有一天，太上李老君约他到华山去。他对徒弟说："我的身体留在这里，游魂和李老君到华山去，如果七天以后还没有回来，你就把我的身体焚化了。"他的魂魄飞出去之后，徒弟的母亲生了重病，催促儿子回乡。徒弟为了赶回家乡，在第六天就先把李铁拐的身体焚化了。等到李铁拐回到山上，正好是第七天，递

寻身体不着,只好附在一个饿死的尸体上复活,所以李铁拐才会跛脚。(《茶香室丛钞》)

一说,李铁拐活到八百岁,身体坏了,再投于他人的身体重生。(《铁围山丛谈》)

一说,拐仙原来姓李,在人间就有足疾,后来受到西王母的点化成仙,封为"东华教主",授以铁杖一根。(《山堂肆考》)

虽然说法有很多种,其实都是从"人间观点"来看的,李铁拐早入了仙籍,怎么还会有人间的身体、人间的残疾呢?因此,我很赞同黄永武教授的说法,李铁拐的跛脚是一个象征,象征不论在人间或天界,都充满了缺憾,不能圆满。李铁拐的跛脚也是一种示现,示现事物没有十全十美,连神仙都不免有跛足之憾,人间的遗憾也就没有什么不能承受了。

李铁拐的葫芦中的灵药虽可以解救天下苍生,却不能治愈自己的病足,看起来似乎是矛盾而吊诡的,深思其义,会发现这是人生中的真情实景。我们很容易帮助别人渡过难关,可是自己遇到难关却总是手足无措。我们站在局外时常可以给人觉醒的灵药,一旦当局者迷,就会陷入闷葫芦中,哪有什么灵药呢?即使是人间最了不起的医生,生病了也要找别的医生诊疗呀!

在这苦难缺憾的人间,每次一想到李铁拐,心里就会感到一阵温暖。我们在人间游行,事无全美,福无双至,人人都是跛了一只脚的人，而觉悟者的最先决条件，便是承认自己的残缺，承担自己的病足。

最令人忧心的人，是自以为完美的人；最令人担忧的社会，是文过饰非的社会。不论人或社会，谁没有一些痛脚呢？怕的是不能相濡以沫、互相提供灵药罢了。

牛肉汁时代

朋友告诉我一个笑话：

一个贵妇去找一位知名的画家作画，并且谈好条件，这张画像一定要她家里的狗喜欢才付钱。

画家一口答应，但是向她要了双倍的价钱，理由是："画到连狗都喜欢，那是非常艰难的。"

画像终于完成了，当画送到的时候，贵夫人的狗立刻飞奔而至，状甚愉快，热情地舐着画像上主人的脸颊。那位贵夫人和她的狗一样兴奋，付了双倍的价钱给画家。

这件事情传开了，许多学艺术的人都非常佩服，纷纷来向他请教，如何画一幅画让狗看了也那么感动。

画家说："没什么呀！我只是在她脸上的颜料部分，涂了一点牛肉汁。"

这个故事很值得深思，一般人欣赏艺术品通常停在外表的层次，例如一幅画像不像，例如一幅画可以卖多少钱，因此，那些好卖的艺术品不一定很感人或很有创作力，只不过是在颜料里调了一点儿"牛肉汁"吧！

我们这个时代，由于外在的可炫惑的事物太多，可以说是一个"牛肉汁时代"，许多人拼命追逐外在事物，献出了大部分青春。不幸的是，外在事物时常是很短暂的、不永恒的，不能确立人生真实价值的。

我并不排斥人对表面事物的追逐，例如更有权位、住更大的房子、开更高级的汽车、穿更好的衣服、在更昂贵的饭店吃饭，因为这是人之常情，也是一个社会发展的动力。但是我很担心，太少的人进行内在的沉思与开发，对文化与品质的发展是很不利的。

人之所以异于禽兽，是人有一个广大的灵性世界，也可以说是人独有的品质。一个人活在世间，在作为人的独有品质的开发上，至少应该花费和外在的、物质的追求相同的时间。如果一个人花在灵性思维上的时间很少，他的身心就接近禽兽了。

特别是20世纪90年代以后的人，花费很少的时间就可以温饱了，大部分的追逐都只是欲望的展现。但是人生不仅如此，只是由于内在的品质不像外在的物质那样易于被发现、易于被衡量，大家就忽视了。

禅宗里有一个公案，说有一个弟子非常崇拜赵州禅师，于是为赵州画了一幅画像，有一天拿给赵州看，问道："师父，您看这幅画像不像您？"

赵州说："如果不像，你就把画烧了。"

停了一下，赵州又说："如果像我，你就杀了我吧！"

弟子只好把画像烧了。

这个公案的意思是，表面的事物是无法取代内心世界的。物质的堆砌，塑造的是我们的画像，而不是真实的"我"，真实的"我"唯有在夜半扪心，花时间来反复思维才会显现。

真实的我，不是脸上涂满颜色的我。

真实的我，不是穿着流行时装的我。

真实的我，不是在街头奔赴名利的我。

真实的我，不是那个表面华丽、内心空虚的我。

"那么，真实的我要去何处寻？"

"你问我，我问谁呢？我找自己的时间都不够用了呀！"

"拜托，给一个简单的提示！"

"好，给你一个简单的提示，你花多少时间在穿衣、打扮、美容、工作、追逐；就花相同的时间来读书、思考、静心、放松，真实的我就会出来与你相见了，均衡一下嘛！广告不是这么说的吗？"

"这么简单，我回去就试试！"

"咦!你脸上怎么有牛肉汁?"

"呀!哪里?"

"哈,除了均衡一下,也要轻松一下嘛!"

真正的桂冠

有一位年轻的女孩写信给我,说她本来是美术系的学生,最喜欢的事是背着画具到阳光下写生,希望画下人世间一切美的事物。寒假的时候她到一家工厂去打工,却把右手压折了,从此,她不能背画具到户外写生,不能再画画,甚至也放弃了学校的课业,顿觉生命失去了意义;她每天痛苦地把自己关在房间里,对任何事情都带着一种悲哀的情绪,最后她向我提出一个问题:我怎么办?我怎么办?

这个问题使我困惑了很久,不知如何回答。也使我想起法国的侏儒大画家罗德列克 (TouIouseLautrec)。罗德列克出身贵族,小的时候聪明伶俐,极得宠爱,可惜他在十四岁的时候不小心绊倒,折断了左腿,几个月后,母亲带着他散步,他跌落阴沟,把右腿也折断了,从此,他腰部以下的发育完全停止,成为侏儒。

罗德列克的遭遇对他本人也许是个不幸,对艺术却是个不幸中的大幸，罗德列克的艺术是在他折断双腿以后才开始诞生的，试问一下：罗德列克如果没有折断双腿，他是不是也会成为艺术史上的大画家呢？罗德列克说过："我的双腿如果和常人那样的话，我也不画画了。"可以说这是一个最好的回答。

从罗德列克遗留下来的作品，我们可以看到，他对正在跳舞的女郎和奔跑中的马特别感兴趣，也留下许多佳作，这正是来自他心理上的补偿作用，借着绘画，他把想跳舞和想骑马的美梦投射在艺术上面，因此，罗德列克倘若完好如常人，恐怕今天我们也看不到舞蹈和奔马的名作了。

每次翻看罗德列克的画册，总使我想起他的身世来。我想到：生命真正的桂冠到底是什么呢？是做一个正常的人而与草木同朽？或是在挫折之后，从灵魂的最深处出发而获得永恒的声名呢？这些问题没有单一的答案，答案就是在命运的摆布之中，是否能重塑自己，在灰烬中重生。

希腊神话中有两个性格绝对不同的神，一个是理性的、智慧的、冷静的阿波罗；另一个是感性的、热烈的、冲动的戴奥尼修斯。他们似乎代表了生命中两种不同的气质，一种是冷静理智，一种是热情浪漫，两者在其中冲激而爆出闪亮的火光。

从社会的标准来看，我们都希望一个正常人能稳定、优雅、有自制力，希望每个人的性格和表现像天使一样，可是这样的性格使大部分人都成为平凡的人，缺乏伟大的野心和强烈的情感。一旦这种阿波罗性格受到激荡、压迫、挫折，很可能就像火山爆发一样，在心底的戴奥尼修斯伸出头来，散发如倾盆大雨的狂野激情，艺术的原创力就在这种情况生发，生活与命运的不如意正如一块磨刀石，使澎湃的才华愈磨愈锋利。

史上伟大的思想家大部分是阿波罗性格，为我们留下了生命深远的刻绘；但是史上的艺术家则大部分是戴奥尼修斯性格，为我们烙下了生命激情的证记。也许艺术家们都不能见容于当世，但是他们留下来的作品却使他们戴上了永恒、真正的桂冠。

这种命运的线索有迹可循，有可以转折的余地。失去了双脚，还有两手；失去了右手，还有左手；失去了双目，还有清明的心灵；失去了生活凭惜，还有美丽的梦想——只要生命不被消减，一个热烈的灵魂也就有可能在最阴暗的墙角燃出耀目的光芒。

生命的途程就是一个惊人的国度，没有人能完全没有苦楚地度过一生，倘若一遇苦楚就怯场，一道挫折就闭关斗室，那么，就永远不能将千水化为白练，永远不能合百音成为一歌，也就永远不能达到炉火纯青的境界。

如果你要戴真正的桂冠，就永远不能放弃人生的苦楚，这也许就是我对"我怎么办？"的一个答案吧！

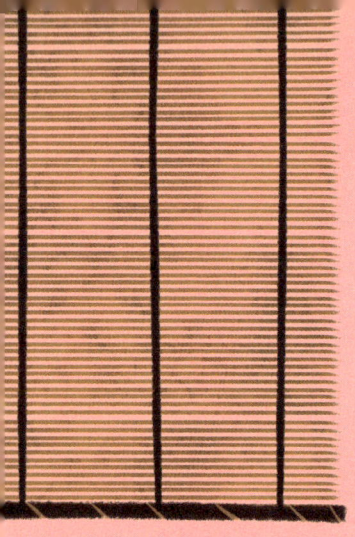

如果你要戴真正的桂冠
就永远不能放弃人生的苦楚

水中的蓝天

开车从莺歌到树林,经过一个名叫"柑园"的地方,看到几个农夫正在插秧。由于太久没看到农夫插秧了,再加上春日景明,大地辽阔,使我为那无声的画面感动,忍不住下车。

农夫弯腰的姿势正如饱满的稻穗,一步一步将秧苗插进水田,并细致敬谨地往后退去。

每次看到农人在田里专心工作,心里就为那劳动的美所感动。特别是插秧的姿势最美,这世间大部分的工作都是向前的,唯有插秧是向后的,也只有向后插秧,才能插出笔直的稻田;那弯腰退后的样子,总使我想起从前随父亲在田间工作的情景,生起感恩和恭敬的心。

我站在田岸边,面对着新铺着绿秧的土地,深深地呼吸,感觉到春天真的来了,空气里有各种熏人的香气。刚卜过连绵春雨的田地,不仅有着迷蒙之美,也使得土地湿软,种作更为容易。春日真好,春雨也好!

看着农夫的身影,我想起一首禅诗:

> 手把青秧插满田,
> 低头便见水中天。
> 六根清净方为道,
> 退步原来是向前。

这是一首以生活的插秧来象征在心田插秧的诗。意思是唯有在心田里插秧的人,才能从心水中看见广阔的蓝天,只有六根清净才是修行者唯一的道路;要走入那清净之境,只有反观回转自己的心,就像农夫插秧一样,退步原来正是向前。

站在百尺竿头的人,若要更进一步,就不能向前飞跃,否则便会粉身碎骨。只有先从竿头滑下,才能去爬一百零一尺的竿子。

人生里退后一步并不全是坏的,如果在前进时采取后退的姿势,以谦让恭谨的方式向前,就更完美了。

"前进"与"后退"不是绝对的,假如在欲望的追求中,性灵没有提升,则前进正是后退,反之,若在失败中挫折里,心性有所觉醒,则后退正是前进。

农人退后插秧,是前进,还是后退呢?

手把青秧插满田
低头便见水中天
六根清净方为道
退步原来是向前

记得从前在小乘佛教国家旅行，进佛寺礼拜，寺院的执事总会教导，离开大殿时必须弯腰后退，以表示对佛的恭敬。

此刻看着农夫弯腰后退插秧的姿势，想到与佛寺离去时的姿势多么相像，仿佛从那细致的后退中，看见了每一株秧苗都有佛的存在。

"青青秧苗，皆是法身"，农人几千年来就以美丽谦卑的姿势那样实践着。那美丽的姿势化成金黄色的稻穗，那弯腰的谦卑则化为累累垂首的稻子，在土地中生长，从无到有、无中生有，不正是法身显化的奇迹吗？

从柑园的农田离开，车子穿行过柳树与七里香夹道的小路，我的身心爽然，有如山间溪流一样明净，好像刚刚在佛寺里虔诚地拜过佛，正弯腰往寺门的方向退去。

空中的蓝天与水中的蓝天一起包围着我，从两颊飞过，带着音乐。

屋里的小灯虽然熄灭了
但我不畏惧黑暗
因为
总有群星在天上

第三辑

总有群星在天上

总有群星在天上

在夜景的航道

阳光照在我们身上

在梦的远方

家家有明月清风

分享生之苦乐

随风吹笛

青铜时代

生命的出口

总有群星在天上

我沿着开满绿茵的小路散步,背后忽然有人说:"你还认识我吗?"

我转身凝视她半天,老实地说:"我不记得你的名字了。"

她说:"我是你年轻时第一次最大的烦恼。"她的眼睛极美,仿佛是大气中饱孕露珠的清晨,试图唤醒我的回忆。

我默默地站了一会儿,感到自己就是那清晨,我说:"你已经卸下了你泪珠中的一切负担了吗?"

她微笑不语,我感觉到她的笑语就是从前眼泪所化成的。

"你曾说,"看到我有如湖水般清澈平静,她忍不住低声地说:"你曾说,你会把悲痛永远刻在心版。"

我脸红了,说:"是的,但岁月流转,我已忘记悲痛。"

然后,我握着她的手说:"你也变了。"

"曾经是烦恼的,如今已变成平静了。"她说。

最后，我们牵着手在开满绿茵的小路散步，两个人都像清晨大气中饱含的露珠，清澈、平静、饱满。

昨天悲痛的露珠早已消散，今晨的露珠也在微笑中，逐渐消散了。

这是泰戈尔《即兴诗集》里的一段，我改写了一点点，使它具有一些"林清玄风格"，寄给你。我觉得这一段话很能为我们情爱的过往写下注脚。我偶尔也会遇见年轻时给我悲痛与烦恼的人，就感觉自己很能接近这首叙事诗的心情了。

我很能体会你此时的心情，因为不想伤害别人，以致迟迟不能做出分手的决定。你是那样的善良和纯真（就像我的少年时代），可是，往往因为我们不忍别人受伤，到最后，自己却受到了最大的伤害，那就像把一支蜡烛围起来烧一样（因为我们怕烧到别人），自己承受了浓烟和窒息。其实，我们只要把蜡烛拿到桌面上，黑暗的房子看得更清楚，自己和别人说不定因此有一些光明与温暖的体会。

这些年来，我日益觉得智慧的重要。什么是"智慧"呢？智是观察和思考的能力，慧是抉择和判断的能力。你的情形是很容易做观察和抉择的。爱上你的人是你不该爱的人，而选择分手可以使你卸下负担得到自由，为什么不选择及早地分手呢？你不忍对方受伤害，但是，爱必然会带着伤害，特别是不正常不平衡的爱，伤害是必然的，我们要学习受伤，别人也要学习受伤呀！

我再写一首泰戈尔的短诗给你：

烟对天空、灰对大地自夸：

"火是我们的兄弟。"

悲伤对心、烦恼对生命自矜：

"爱是我们的姊妹。"

问了火和爱，他们都说：

"我们怎么会有那样的兄弟姊妹？"

"我的兄弟是温暖和光明。"火说。

"我的姊妹是温柔与和平。"爱说。

在我们生命的岁月里，火和爱或许是必要的，但不必要弄得自己烟尘滚滚、灰头土脸，也不必一定要悲伤和烦恼，那就像每天有黎明与日落一般，大地是坦然地承受罢了。不正常与不平衡的爱是人生最好的启蒙，就如同乌云与暴风雨是天空最好的启示一般。

关于心、关于生命，没有什么是真正的伤害，也没有什么是真正的好，雨在下的时候可能觉得自己对茉莉花是有好处的，但盛开的茉莉花可能因为一场微雨凋落了；暴晒的阳光可能觉得自己会伤害秋日的土地，但土地中的种子却因为阳光能青翠地发芽了。爱情的成熟与圆满正是如此，只要不失真心，没有什么可以伤害我们真实的生命。

在写信给你的时候，我的思想像一只天鹅飞翔，忆起自己在笔记上写过的一些东西：

  箭在弓上时，箭听见弓的低语：
  "你的自由是我给予的。"
  箭射出时，回头对弓大声说：
  "我的自由是自己的。"
  ——没有飞翔，就没有自由。
  ——没有放下，就没有自由。
  ——没有自由，箭和弓都失去意义。

  这些都是游戏的笔墨，我们千万别忘了弓箭之后有拉弓的力，力之后还有人，人还要站在一个广大的空间上。

  人人都渴望爱情，即使我们正处在其中的爱情不是最好的，却因为渴求而盲目了，这一点连天神也不例外。希腊神话里太阳神阿波罗在追求猎户少女多妮时，因为追不到，使她被父亲化成一棵月桂树，然后感叹地说："你虽不爱我，但最低限度你必须成为我的树。"从此，阿波罗的头上总是戴着月桂冠，纪念他对多妮的爱。牧神潘恩则把女神灵化成一簇芦苇，并把她化成一支芦笛带在身边。世上最美的少年勒施萨斯无法全心地爱别人（因为他太爱自己了），最后他化成池中的一朵水仙花。另一位美少年海亚仙英斯则因为阿波罗的嫉妒而变成一枝随风漂泊的风信子……

　　神话是一个象征,象征人要从情爱中得到自由自在、无碍解脱是多么艰难呀!但是学习是人间的功课,到现在我还在学习,只是我每看到人在情爱中挣扎都是感同身受,希望别人早日得到超越,那是因为我们的学习不一定要自己深陷泥沼才会体验到,有观照之智、抉择之慧,也知道那泥沼的所在和深浅,绕道而行或跨步而过。

　　希望下次收到你的信,就听见你的好消息。我们不必编月桂冠戴在头上,不必随身携带芦笛,人生有许多的花朵等我们去采。如果只想采断崖绝壁那一朵绝美的百合,很可能百合没有采到,清晨已经消逝了。

　　青春的珍惜是最重要的。在不正常、不平衡的爱里浪掷青春,将会使人生的黄金岁月过得茫然而痛苦。青春像鸟,应该努力往远处飞翔。爱情纵使贵如黄金,在鸟的翅膀绑着黄金,也会使最善飞翔的鸟为之坠落!

　　　　屋里的小灯虽然熄灭了,
　　　　但我不畏惧黑暗,
　　　　因为,总有群星在天上。
　　　　爱情虽然会带来悲伤,
　　　　一如最美的玫瑰有刺,

但我不畏惧玫瑰,

因为,我有玫瑰园,

我只欣赏,而不采摘。

但愿这封信能抚慰你挣扎的心,并带来一些启示。

青春的珍惜是最重要的
在不正常
不平衡的爱里浪掷青春
将会使人生的黄金岁月
过得茫然而痛苦

在夜景的航道

在阳明山泡完温泉下山,立刻进入那在假日永远如肠胃炎的仰德大道,随着车阵迤逦前进。

朋友的孩子建议我们走"秘密通道",可能比较不会塞车。

秘密通道是转出仰德大道,进入一条林间完全无灯的小路。当我们的车子绕着文化大学正要下山的时候,看到台北的万盏华灯亮灿灿的,蔚成一片灯海,宽阔、辉煌、温暖,令人的心里也好像被点灯,亮滋滋的。

我每天站在家里的十五楼阳台看台北夜景,虽可以感觉夜景之美,却没想到台北的夜景美到这种境界。当场就建议朋友下车,专心地来看夜景。

站在临山的边缘看夜景,使人有张开双臂欢呼的冲动。我对朋友说,我曾经看过许多以夜景闻名的都市,像纽约、东京、巴黎、伦敦、罗马、香港等,"我们台北现在一点儿也不逊色呀!"

觉得台北的夜景美丽,除了真是美以外,也有一点儿感情与乡土的因素。你看,这是我们一点一滴建立起来的城市呢!带孩子来看夜景也可以无愧了。

看到那些辉煌的灯火,想到一盏灯里面就有一户人家,就会感觉生命真的如是渺小,因于这种渺小,使我有一种谦卑之念;但也因为站在那渺小之外的山顶,使我生起一种豪情。这也是我喜欢看夜景的复杂情愫。

一起站在山顶看夜景的情侣,情不自禁地紧紧相拥,像要一起融化于夜色中。是呀,在那广邈的夜景里,在那无数的灯光里,与相约而再来的人相遇,是在邈绝无情的飘游里,多么稀有殊胜难得的因缘!正如两只萤火虫在夜色相会,互相点着灯笼。

于是,在微茫与冷凉的夜色里,以台北的夜景做证,紧紧相拥,渴望日后也可以在千盏万盏里,点亮自己的一盏灯火。

我们继续在无灯的森林小路穿行,心里一片光明,因为我们即使渺若萤火,也自有夜景的航道。

有航道的人,再渺小也不会迷途。

阳光照在我们身上

三十年代最当红的男明星白云自杀去世了。

当年白云在上海的盛况,据说目前最红的明星秦汉、秦祥林、王冠雄、李小飞加起来都还比不上,我父母那一辈的影迷,一提起白云,总是勾起一些伤感的回忆;谁想到那个时代在银幕上最闪亮的明星,死后竟是黄土一抔,连墓碑都找不到。三十年的年华,把白云从地上最明亮的地方,埋到最黑暗的地下。

白云自杀的同时,我最喜欢的智慧型明星英格丽·褒曼也逝世了,可是两人的身影却是完全不同的景况,褒曼逝世的时候,她的儿女都围绕身边,倍极哀荣。第三天台湾电视公司还播出一个一小时的专辑"英格丽·褒曼的荣耀",来纪念这位为全世界尊敬的影人。

可是白云呢?白云的逝世在电视里只是一个小小的新闻,更何况是专辑了。当初他为自己取名为"白云",就已经为结局下了断语,他生前有两句话:"生是飘客,死是游魂。"是有着多么深沉寥落的寓意,怪不得一些老演员像葛香亭、欧阳莎菲在他坟前致祭时也免不了老泪纵横。

中国演员老来的处境,总是令我油然地兴起衷感之心,他们不能像西方的演员,终其一生都闪烁着明星的光泽,他们不是恒久的星星,而是瞬息消逝的流云。但是又何尝演员如此,这触及我经常思考的时间问题,时间,对一位曾经光芒万丈的人是一个多么无情的杀手。怪不得白云逝世的时候,一位影剧记者慨乎言之,问起如今当令的年轻演员,他们竟茫然地问起:白云是谁?

白云是谁呢?白云千载空悠悠,白云只是在干净的天空中飘过的一朵云吧。它在清晨的旭日中,在黄昏的夕阳里,都会反射出五彩的光泽,但一到了黑夜,再美的云也没有人看见了。

我最喜欢辛弃疾的《破阵子》,这是辛弃疾为纪念当时一位具有军事和经济才华的思想家陈亮,所吟赋出的壮词:

醉里挑灯看剑,梦回吹角连营。八百里分麾下炙,五十弦翻塞外声。沙场秋点兵。

马作的卢飞快,弓如霹雳弦惊。了却君王天下事,赢得生前身后名。可怜白发生。

辛弃疾的词意是美的，在美的背面却有一种对时光流逝的哀伤，我觉得最令人动容的是"赢得生前身后名，可怜白发生"，从这两句词来看看白云，实在最贴切不过。多少令人怀念的人物，终也免不了白发生的处境，更糟的是，在辉煌后的寂寞，使一位曾扮演过顾盼自雄的英雄人物，最后在偏远的旅馆仰药自杀。

前几天，两位菲律宾的华裔画家洪救国、王礼博来台湾，我抽出两天的时间，陪他们到台中去探望老友席德进的墓园，同行的还有画家李锡奇、朱为白，以及席德进的生前知己卢声华。

我们到达大度山花园公墓时，正好是阳光最烈的正午，阳光遍照在墓园上，附近的相思林里传来喧哗的鸟声。席德进的墓园是他生前亲手规划，格局很像中国明朝小小的园林。在墓园里有一座"望乡亭"，颇能见到画家最后的心愿。我站在"望乡亭"的圆门，往山下望去，那里没有画家的故乡，只有栉比鳞次的楼房层层相叠，我们的心情在那一刻都沉默了起来。

席德进曾以高超的画艺，感动过千千万万的心灵，他逝世时也是倍极哀荣。可是在他逝世一周年举行画展会场里，观众却是三三两两冷冷清清，我曾在画展会场坐了一个下午，直到画廊的灯暗了才默默离去，心中浮起的仍是辛弃疾"赢得生前身后名，可怜白发生"两句。

在席德进的墓园里，种了两种他生前最爱的植物，两株凤凰树和三株木棉，经过一年的培植，都已经长得比望乡亭还高了。凤凰依旧，木棉无恙，而我们这位曾享大名的艺术家长眠地下，他的名，他的艺，可叹的在时间冲刷下，成为群众心里一个暗淡的记忆。

离开席德进的墓园，车子往大度山下疾驰，我回头还看见那一株长得特别高的凤凰木，我在想着，这一株凤凰花开的时候，年轻一辈的艺术家心中，席德进还能留下什么样的形象呢？

阳光是那样无私地覆盖着我们，而太阳的沉落总是那样无情，不肯为黑夜停留，那些死去的艺术家们躺在阴冷黑暗的地下，他们再也不能享受阳光下的喜悦。

在我的档案里，有一帧我为席德进拍的照片。他站在中部大平原怒放的野花群中，鲜明的清晨曝光把他的脸刻成一座明暗分明的塑像，他仰起头来呼吸着阳光，如今，那种情境再也不能重回了。

我们每天能走过阳光的小径，是一件多么幸福的事，能让阳光或温柔或狂野地照射，是一件多么开朗的事，我想说的是，就珍惜阳光照在我们身上的岁月吧，因为阳光不会为我们停留，再伟大的艺术家也留不住它。

在梦的远方

　　有时候回想起来,我母亲对我们的期待,并不像父亲那样明显而长远。小时候我的身体差、毛病多,母亲对我的期望大概只有一个,就是祈求我的健康,为了让我平安长大,母亲常背着我走很远的路去看医生,所以我童年时代对母亲留下的第一印象,就是趴在她的背上,去看医生。

　　我不只是身体差,还常常发生意外,三岁的时候,我偷喝汽水,没想到汽水瓶里装的是"番仔油"(夜里点灯用的臭油),喝了一口顿时两眼翻白,口吐白沫,昏死过去。母亲立即抱着我以跑一百公尺的速度到街上去找医生,那天是大年初二,医生全休假去了,母亲急得满眼泪,却毫无办法。

　　"好不容易在最后一家医生馆找到医生,他打了两个生鸡蛋给你吞下去,又有了呼吸,眼睛也张开了,直到你张开眼睛,我也在医院昏过去了。"母亲一直到现在，每次提到我喝番仔油，还心有余悸，好像捡回一个儿子。听说那一天她为了抱我看医生，跑了将近十公里。

四岁那一年，我从桌子上跳下时跌倒，撞到母亲的缝纫机铁脚，后脑壳整个撞裂了，母亲正在厨房里煮饭。我自己挣扎站起来叫母亲，母亲从厨房跑出来。

"那时，你从头到脚，全身是血，我看到第一眼，浮起心头的一个念头是：这个团仔无救了。幸好你爸爸在家，坐他的脚踏车去医院，我抱你坐在后座，一手捏住脖子上的血管，到医院时我也全身是血，立即推进手术房，推出来时你叫了一声妈妈，呀！呀！我的团仔活了，我的团仔回来了……我那时才感谢得流下泪来。"母亲说这段时，喜欢把我的头发撩起，看我的耳后，那里有一道二十厘米长的疤痕，像蜈蚣盘踞着，听说我摔了那一次，聪明了不少。

由于我体弱，母亲只要听到什么补药或草药吃了可以使孩子的身体好，就会不远千里去求药方，抓药来给我补身体，可能补得太厉害，我六岁的时候竟得了疝气，时常痛得在地上打滚，哭得死去活来。

"那一阵子，只要听说哪里有先生、有好药，都要跑去看，足足看了两年，什么医生都看过，什么药都吃了，就是好不了。有一天有一个你爸爸的朋友来，说开刀可以治疝气，虽然我们对西医没信心，还是送去开刀了，开一刀，一个星期就好了。早知道这样，两年前送你去开刀，不必吃那么多苦。"母亲说吃那么多苦，当然是指我而言，因为她们那时代的妈妈,是从来不会想到自己的苦。

过了一年,我的大弟得小儿麻痹,一星期就过世了,这对母亲是个严重的打击,由于我和大弟年龄最近,她差不多把所有的爱都转到我身上,对我的照顾可以说是无微不至,并且在那几年,对我特别溺爱。

例如,那时候家里穷,吃鸡蛋不像现在的小孩可以吃一个,而是一个鸡蛋要切成"四洲"(就是四片)。母亲切白煮鸡蛋有特别方法,她不用刀子,而是用车衣服的白棉线,往往可以切到四片同样大,然后像宝贝一样分给我们,每次吃鸡蛋,她常背地里多给我一片。有时候很不容易吃苹果,一个苹果切十二片,她也会给我两片。如果有斩鸡,她总会留一碗鸡汤给我。

可能是母亲的照顾周到,我的身体竟然奇迹似的好起来,变得非常健康,常常两三年都不生病,功课也变得十分好,很少读到第二名,我母亲常说:"你小时候读了第二名,自己就跑到香蕉园躲起来哭,要哭到天黑才回家,真是死脑筋,第二名不是很好了吗?"

但身体好、功课好,母亲并不是就没有烦恼,那时我个性古怪,很少和别的小朋友玩在一起,都是自己一个人玩,有时自己玩一整天,自言自语,即使是玩杀刀,也时常一人扮两角,一正一邪互相对打,而且常不小心让匪徒打败了警察。然后自己蹲在田岸上哭。幸好那时候心理医生没有现在发达,否则我一定早被送去了。

"那时庄稼团仔很少像你这样独来独往的,满脑子不知在想什么,有一次我看你坐在田岸上发呆,我就坐在后面看你,那样看了一下午,后来我忍不住流泪,心想:这个孤怪囝仔,长大后不知要给我们变出什么出头,就是这个念头也让我伤心不已。后来天黑,你从外面回来,我问你:'你一个人坐在田岸上想什么?'你说:'我在等煮饭花开,等到花开我就回来了。'这真是奇怪,我养一手孩子,从来没有一个坐着等花开的。"母亲回忆着我童年一个片段,煮饭花就是紫茉莉,总是在黄昏时盛开,我第一次听到它是黄昏开时不相信,就坐一下午等它开。

不过,母亲的担心没有太久,因为不久有一个江湖术士到我们镇上,母亲先拿大弟的八字给他排,他一排完就说:"这个孩子已经不在世上了,可惜是个大富大贵的命,如果给一个有权势的人做儿子,就不会夭折了。"母亲听了大为佩服,就拿我的八字去算,算命的说:"这孩子小时候有点儿怪,不过,长大会做官,至少做到省议员。"母亲听了大为安心,当时在乡下做个省议员是很了不起的事,从此她对我的古怪不再介意,遇到有人对她说我个性怪异,她总是说:"小时候怪一点儿没什么要紧。"

偏偏在这个时候,我恢复了正常,小学五六年级交了好多好多朋友,每天和朋友混在一起,玩一般孩子的游戏,母亲反而担心:"哎呀!这个孩子做官无望了。"

我十五岁就离家到外地读书了,母亲因为会晕车,很少到我住的学校看我，我们见面的机会就少了，她常说："出去好像丢掉，回来好像捡到。"但每次我回家，她总是唯恐我在外地受苦，拼命给我吃，然后在我的背包塞满东西，我有一次回到学校，打开背包，发现里面有我们家种的香蕉、枣子；一罐奶粉、一包人参、一袋肉松；一包她炒的面茶、一串她绑的粽子，以及一罐她亲手腌渍的凤梨竹笋豆瓣酱……还有一些已经忘了。那时觉得东西多到可以开杂货店。

那时我住在学校，每次回家返回宿舍，和我住一起的同学都说是小过年，因为母亲给我准备的东西，我一个人根本吃不完。一直到现在，我母亲还是这样，我一回家，她就把什么东西都塞进我的包包，就好像台北闹饥荒，什么都买不到一样，有一次我回到台北，发现包包特别重，打开一看，原来母亲在里面放了八罐汽水。我打电话给她，问她放那么多汽水做什么，她说："我要给你们在飞机上喝呀！"

高中毕业后，我离家愈来愈远，每次回家要出来搭车，母亲一定放下手边的工作，陪我去搭车，抢着帮我付车钱，仿佛我还是个三岁的孩子。车子要开的时候，母亲都会倚在车站的栏杆向我挥手，那时我总会看见她眼中有泪光，看了令人心碎。

要写我的母亲是写不完的，我们家五个兄弟姊妹，只有大哥侍奉母亲，其他的都高飞远扬了，但一想到母亲，好像她就站在我们身边。

这一世我觉得没有白来，因为会见了母亲，我如今想起母亲的种种因缘，也想到小时候她说的一个故事：

有两个朋友,一个叫阿呆,一个叫阿土,他们一起去旅行。

有一天来到海边,看到海中有一个岛,他们一起看着那座岛,因疲累而睡着了。夜里阿土做了一个梦,梦见对岸的岛上住了一位大富翁,在富翁的院子里有一株白茶花,白茶花树根下有一坛黄金,然后阿土的梦就醒了。

第二天,阿土把梦告诉阿呆,说完后叹了一口气说:"可惜只是个梦!"

阿呆听了信以为真,说:"可不可以把你的梦卖给我?"阿土高兴极了,就把梦的权利卖给了阿呆。

阿呆买到梦以后,就往那个岛上出发,阿土卖了梦就回家了。

到了岛上,阿呆发现果然住了一个大富翁,富翁的院子里果然种了许多茶树,他高兴极了,就留下做富翁的用人,做了一年,只为了等待院子的茶花开。

第二年春天,茶花开了,可惜,所有的茶花都是红色,没有一株是白茶花。阿呆就在富翁家住了下来,等待一年又一年,许多年过去了,有一年的春天,院子里终于开出一棵白茶花。阿呆在白茶花树根掘下去,果然掘出一坛黄金,第二天他辞工回到故乡,成为故乡最富有的人。

卖了梦的阿土还是个穷光蛋。

这是一个日本童话,母亲常说:"有很多梦是遥不可及的,但只要坚持,就可能实现。"她自己是个保守传统的乡村妇女,和一般乡村妇女没有两样,不过她鼓励我们要有梦想,并且懂得坚持,光是这一点,使我后来成为作家。

作家可能没有做官好,但对母亲是个全新的经验,成为作家的母亲,她对乡人谈起我时,为我小时候的多灾多难、古灵精怪全找到了答案。

家家有明月清风

到台北近郊登山,在陡峭的石阶中途,看见一个不锈钢桶放在石头上,外面用红漆写了两个字"奉水",桶耳上挂了两个塑胶茶杯,一红一绿。在炎热的天气里喝了清凉的水,让人在清凉时感觉到人的温情,这桶水是由某一个居住在这城市里陌生的人所提供的,他是每天清晨太阳升起时就抬这么重的一桶水来,那细致的用心是颇能体会到的。

在烟尘滚滚的尘世,人人把时间看得非常重要,因为时间就是金钱,几乎到了没有人愿为别人牺牲一点点时间的地步,即使是要好的朋友,如果没有重要的事情,也很难约集。但是当我在喝"奉水"的时候,想到有人在这上面花了时间与心思,牺牲自己的力气,就觉得在忙碌转动的世界,仍然有从容活着的人,他为自己的想法去实践某些奉献的真理,这就是"滔滔人世里,不受人惑的人"。

这使我想起童年住在乡村，在行人路过的路口，或者偏僻的荒村，都时常看到一只大茶壶，上面写着"奉茶"，有时还特别钉一个木架子把茶壶供奉起来。我每次路过"奉茶"，不管是不是口渴，总会灌一大杯凉茶，再继续前行，到现在我都记得喝茶的竹筒子，里面似乎还有竹林的清香。

我稍稍懂事的时候，看到了"奉茶"，总会情不自禁地想起乡下土地公庙的样子，感觉应该把放置"奉茶"者的心供奉起来，让人瞻仰，他们就是自己土地上的土地公，对土地与人民有一种无言无私之爱，这是"凡劳苦担重担的人，都到我这里来，我必使他得清凉"的胸怀。我想，有时候人活在这个人世，没有留下任何名姓也不是什么要紧的事，只要对生命与土地有过真正的关怀与付出，就算尽了人的责任。

很久没有看见"奉茶"了，因此在台北郊区看到"奉水"时竟低徊良久，到底，不管是茶是水，在乡在城，其中都有人情的温热。山道边一杯微不足道的凉水，使我在爬山的道途中有了很好的心情，并且感觉到不是那么寂寞了。

到了山顶，没想到平台上也有一个完全相同的钢桶，这时写的不是"奉水"，而是"奉茶"，两个塑胶杯，一黄一蓝，我倒了一杯来喝，发现茶是滚热的。于是我站在山顶俯视烟尘飞扬的大地，感觉那准备这两桶茶水的人简直是一位禅师了。在完全相同的桶里，一冷一热，一茶一水，连杯子都配合得恰恰刚好，这里面到底是隐藏着怎么样的一颗心呢？

我一直认为不管时代如何改变，在时代里总会有一些卓然的人，就好像山林无论如何变化，在山林中总会有一些清越的鸟声一样。同样的，人人都会在时间里变化，最常见的变化是从充满诗情画意逍遥的心灵，变成平凡庸俗而无可奈何，从对人情时序的敏感，变为对一切事物无感。我们在股票号子里看见许多瞪着看板的眼睛，那曾经是看云、看山、看水的眼睛；我们看签六合彩的双手，那曾经是写过情书与诗歌的手；我们看为钱财烦恼奔波的那双脚，那曾经是在海边与原野散过步的脚。我们的眼耳鼻舌身意看起来仍然是与二十年前无异，可是在本质上，有时中夜照镜，已经完全看不出它们的联结，那理想主义的、追求完美的、每一个毛孔都充满了光彩的我，究竟何在呢？

清朝诗人张灿有一首短诗："书画琴棋诗酒花，当年件件不离他；而今七事都更变，柴米油盐酱醋茶。"很能表达一般人在时空中流转的变化，从"书画琴棋诗酒花"到"柴米油盐酱醋茶"，人的心灵必然是经过了一番极大的动荡与革命，只是凡人常不自觉自省，任庸俗转动罢了。

其实，有伟大怀抱的人物也未能免俗，梁启超有一首《水调歌头》我特别喜欢，其后半阙是："千金剑，万言策，两蹉跎。醉中呵壁自语，醒后一滂沱。不恨年华去也，只恐少年心事，强半为销磨。愿替众生病，稽首礼维摩。"我自己的心境很接近梁任公的这首词，人生的际遇不怕年华老去，怕的是少年心事的"销磨"，到最后只有"醒后一滂沱"了。

在人生道路上，大部分有为的青年，都想为社会、为世界、为人类"奉茶"，只可惜到后来大半的人都回到自己家里喝老人茶了。还有一些人，连喝老人茶自遣都没有兴致了，到中年还能有奉茶的心，是非常难得的。

有人问我，这个社会最缺的是什么东西？

我认为最缺的是两种，一是"从容"，一是"有情"。这两种品质是大国民的品质，但是由于我们缺少"从容"，因此很难见到步履雍容、识见高远的人；因为缺少"有情"，则很难看见乾坤朗朗、情趣盎然的人。

社会学家把社会分为青年社会、中年社会、老年社会，青年社会有的是"热情"，老年社会有的是"从容"。我们正好是中年社会，有的是"务实"，务实不是不好，但若没有从容的生活态度与有情的怀抱，务实到最后正好是柴米油盐酱醋茶，牺牲了书画琴棋诗酒花。一个彻底务实的人正是死了一半的俗人，一个只知道名利实务的社会，则是僵化的庸俗社会。

在《大珠禅师语录》里记载了禅师与一位讲《华严经》座主的对话，可以让我们看见有情从容的心是多么重要。

座主问大珠慧海禅师："禅师信无情是佛否？"

大珠回答说："不信。若无情是佛者，活人应不如死人；死驴死狗，亦应胜于活人。经云：佛身者，即法身也，从戒定慧生，从三明六通生，从一切善法生。若说无情是佛者，大德如今便死，应作佛去。"

这说明禅的心是有情，而不是无知无感的，用到我们实际的人生也是如此，一个有情的人虽不能如无情者用那么多的时间来经营实利（因为情感是要付出时间的），可是一个人如果随着冷漠的环境而使自己的心也沉滞，则绝对不是人生之福。

人生的幸福在很多时候是得自于看起来无甚意义的事，例如某些对情爱与知友的缅怀，例如有人突然给了我们一杯清茶，例如在小路上突然听见冰果店里传来一段喜欢的乐曲，例如在书上读到了一首动人的诗歌，例如偶然听见桑间濮上的老妇说了一段充满启示的话语，例如偶然看见一朵酢浆花的开放……总的说来，人生的幸福来自自我心扉的突然洞开，有如在阴云中突然阳光显露、彩虹当空，这些看来平淡无奇的东西，是在一株草中看见了琼楼玉宇，是由于心中有一座有情的宝殿。

"心扉的突然洞开"，是来自从容，来自有情。

生命的整个过程是连续而没有断灭的，因而年纪的增长等于是生活资料的累积，到了中年的人，往往生活就纠结成一团乱麻了，许多人畏惧这样的乱麻，就拿黄金酒色来压制，企图用物质的追求来麻醉精神的僵滞，对至于心灵的安宁和融都展现成为物质的累积。

其实，可以不必如此，如果能有较从容的心情，较有情的胸襟，则能把乱麻的线路抽出、理清，看清我们是如何地失落了青年时代理想的追求，看清我们是在什么动机里开始物质权位的奔逐，然后想一想：什么是我要的幸福呢？我最初所想望的幸福是什么？我的波动的心为何不再震荡了呢？我是怎么样落入现在这个古井呢？

我时常想起童年时代，那时社会普遍贫穷，可是大部分人都有丰富的人情，人与人之间充满了关怀，人情义理也不曾被贫苦生活昧却，乡间小路的"奉茶"正是人情义理最好的象征。记得我的父亲常挂在嘴上的一句话是："人活着，要像个人。"当时我不懂这句话的含意，现在才算比较了解其中的玄机。人即使生活条件只能像动物那样，人也不应该活得如动物失去人的有情、从容、温柔与尊严，在中国历代的忧患悲苦之中，中国人之所以没有失去本质，实在是来自这个简单的意念："人活着，要像个人！"

人的贫穷不是来自生活的困顿，而是来自在贫穷生活中失去人的尊严；人的富有也不是来自财富的累积，而是来自在富裕生活里不失去人的有情。人的富有实则是人心灵中某些高贵物质的展现。

家家都有明月清风，失去了清风明月才是最可悲的！

喝过了热乎乎的"奉茶"，我信步走入林间，看到落叶层缝中有许多美丽的褐色叶片，拾起来一看，原来是褐蝶的双翼因死亡而落失在叶中，看到蝴蝶的翼片与落叶交杂，感觉到蝴蝶结束了一季的生命其实与树叶无异、尘归尘、土归土，有一天都要在世界里随风逝去。

人的身体与蝴蝶的双翼又有什么两样呢？如果活着的时候不能自由飞翔，展现这片赤诚的身心，让我们成为宇宙众生迈向幸福的阶梯，反而成为庸俗人类物质化的踏板，则人生就失去其意义，空到人间走一回了！

下山的时候，我想，让我恒久保有对人间有情的胸怀，以及一直保持对生活从容的步履；让我永远做一个为众生奉茶供水，在热恼中得到清凉的人。

分享生之苦乐

> 天听寂无音，
> 苍苍何处寻。
> 非高亦非远，
> 都只在人心。
>
> ——邵雍

台北的"新糖主义"和"柏拉弗"面包店，是极少数出售面包皮的店，有一种全麦面包皮，非常芳香、结实，有嚼劲儿，而是十分便宜，一大包才二十元。

几年来，面包皮一直是我的早餐，面包皮的韧度够，可以包一些海苔、肉松、苜蓿芽，卷起来就像寿司一样，吃来平淡，意韵深长，我一直觉得是人间难得的美味。

煮汤的时候，我会把面包皮烤过，切成丁，撒一把在汤里，汤里立刻有了不同的芳香，仿佛是站在果实累累的麦田里，突然吹来了一阵和风。

喝下午茶的时候，我会把面包皮烤得像饼干香脆，坐在可以看见青山和溪水的阳台，配着咖啡或茶，安静地咀嚼；看着白鹭鸶沿溪水上空飞过，会觉得，能那样咀嚼一片全麦面包皮已是生命中的极幸福的滋味。

偶尔回想起来，童年时代，母亲为了让我们吃饱，会用极低廉的价格到市镇面包店买面包皮，放在竹筛子铺平，架在屋顶上晒干，以便久藏。

我们等不了那么久，常常用竹梯爬上屋顶，抓一把切成条状的面包皮，跑到河堤岸去吃，当时的感觉说多幸福就有多幸福！

现在依然喜欢吃面包皮，可能和那一段经历有关系。

每个人的人生经验是不同的，展现出来的观点和态度也就不同。

我觉得全麦面包皮是很美味的食物，常拿出来和朋友分享。

有的朋友非常喜悦，说："你在哪里找到这种面包皮？真是难得！"

有的朋友并不喜欢，说："哎呀！我平时吃面包都会把皮剥下来丢掉，你怎么还特地去买面包皮来吃？面包皮有什么好吃的！"

不论喜欢不喜欢，我乐得与人分享，也乐得独享。

分享有众乐乐的快慰，独享有独乐乐的欣喜。

今天，我在吃面包皮的时候，想到：人生的路不正是如此吗？我们一直在寻找知味的人,来分享我们生命中的种种体会,这种体会有时是来自大的震撼,有时是来自一片小小的面包皮。

可惜知味的人难觅,大部分的苦乐我们都要独自品尝。

独饮生命的苦汁,也独唱生命的欢歌。

当我们独自、安静、细细地咀嚼生的苦乐时,我们才触及那更深刻的境界。

如果找到知味的人,一起分享生之苦乐,我们就会开展出更广大的胸怀。

在内心深处,我一直相信,有一些人会懂得品尝面包皮的好滋味。正如我总相信,在不可知的地方与不可知的时代,有一些人能在文心中与我相会。

与知味的人分享生之苦乐,意味着,对那些不知味的人不必强求,诗人艾略特说:"别人讲我们几句闲话,我们应不加理会,一如教堂的尖塔不理会群鸦争噪!"

文学家的生命密意,一是不断透过写作探触更深的内心世界,使之更为明晰;二是把内心所触及的境界与有缘的读者分享。因此我更服膺沙特说的话:"精神产品既是具体又是相像的对象,只有在作者与读者的联合努力下才能出现。只有为了别人,才有艺术;只有通过别人,才有艺术。"

"阅读,是作家的豪情与读者的豪情缔结的一项协定;每一方都信任另一方,每一方都把自己托付给另一方,在同等程度上要求对方和要求自己。"

这是多么美丽的豪情,我们之所以能创作不倦,多少是受到这种豪情的驱使。

我们可以独乐乐,但是透过了别人的分享,喜乐乃更可确立。

就像我的孩子,几年下来,喜欢吃面包皮胜于吃吐司,透过分享,有一些滋味虽无法言说,却是心有戚戚,连孩子也足以品味。

品尝一片面包皮而仰望苍天,都是寂然没有音声,只要人心开阔,大有大的辉煌,小有小的精微!

随风吹笛

远远的地方吹过来一股凉风。

风里夹着呼呼的响声。

侧耳仔细听,那像是某一种音乐,我分析了很久,确定那是笛子的声音,因为箫的声音没有那么清晰,也没有那么高扬。

由于来得遥远,使我对自己的判断感到怀疑:有什么人的笛声可以穿透广大的平野,而且天上还有雨,它还能穿过雨声,在四野里扩散呢?笛的声音好像没有那么悠长,何况只有简单的几种节奏。

我站的地方是一片乡下的农田,左右两面是延展到远处的稻田,我的后面是一座山,前方是一片麻竹林。音乐显然是来自麻竹林,而后面的远方仿佛也在回响。

竹林里是不是有人家呢?小时候我觉得所有的林间,竹林是最神秘的,尤其是那些历史悠远的竹林。因为所有的树林再密,阳光总可以毫无困难地穿透，唯有竹林的密叶，有时连阳光也无能为力；再大的树林也有规则，人能在其间自由行走，唯有某些竹林是毫无规则的，有时走进其间就迷途了。因此自幼，父亲就告诉我们"逢竹林莫入"的道理，何况有的竹林中是有乱刺的，像刺竹林。

这样想着，使我本来要走进竹林的脚步又迟疑了，在稻田里硬坐下来，独自听那一段音乐。我看看天色尚早，离竹林大约有两里路，遂决定到竹林里去走一遭——我想，有音乐的地方一定是安全的。

等我站在竹林前面时，整个人被天风海雨似的音乐震慑了，它像一片乐海，波涛汹涌，声威远大，那不是人间的音乐，竹林中也没有人家。

竹子的本身就是乐器，风是指挥家，竹子和竹叶的关系便是演奏者。我研究了很久才发现，原来竹子洒过了小雨，上面有着水渍，互相摩擦便发生尖利如笛子的声音。而上面满天摇动的竹叶间隙，即使有雨，也阻不住风，发出许多细细的声音，配合着竹子的笛声。

每个人都会感动于自然的声音，譬如夏夜里的蛙虫鸣唱，春晨雀鸟的跃飞歌唱，甚至刮风天里滔天海浪的交响。凡是自然的声音没有不令我们赞叹的，每年到冬春之交，我在寂静的夜里听到远处的春雷乍响，心里总有一种喜悦的颤动。

我有一个朋友，偏爱蝉的歌唱。孟夏的时候，他常常在山中独坐一日，为的是要听蝉声，有一次他送我一卷录音带，是在花莲山中录的蝉声。送我的时候已经冬天了，我在寒夜里放着录音带，一时万蝉齐鸣，使冷漠的屋宇像是有无数的蝉在盘飞对唱，那种惊艳的美，有时不逊于在山中听蝉。

后来我也喜欢录下自然的声籁，像是溪水流动的声音，山风吹拂的声音，有一回我放着一卷写明《溪水》的录音带，在溪水琤琮之间，突然有两声山鸟长鸣的悦音，萦耳绕梁，久久不灭，就像人在平静的时刻想到往日的欢愉，突然失声发出欢欣的感叹。

但是我听过许多自然之声，总没有这一次在竹林里感受到那么深刻的声音。原来在自然里所有的声音都是独奏，再美的声音也仅弹动我们的心弦，可是竹林的交响整个包围了我，像是百人的交响乐团刚开始演奏的第一个紧密响动的音符，那时候我才真正知道，为什么中国许多乐器都是竹子制成的，因为没有一种自然的植物能发出像竹子那样清脆、悠远、绵长的声音。

可惜的是我并没有能录下竹子的声音，后来我去了几次，不是无雨，就是无风，或者有风有雨却不像原来配合得那么好。我了解到，原来要听上好的自然声音仍是要有福分的，它的变化无穷，是每一刻全不相同，如果没有风，竹子只是竹子，有了风，竹子才变成音乐，而有风有雨，正好能让竹子摩擦生籁，竹子才成为交响乐。

失去对自然声音感悟的人是最可悲的，当有人说"风景美得像一幅画"时，境界便低了，因为画是静的，自然的风景是活的、动的；

而除了目视,自然还提供各种声音,这种双重的组合才使自然超拔出人所能创造的境界。世上有无数艺术家,全是从自然中吸取灵感,但再好的艺术家,总无法完全捕捉自然的魂魄,因为自然是有声音有画面,还是活的,时刻都在变化的,这些全是艺术达不到的境界。

最重要的是,再好的艺术一定有个结局。自然是没有结局的,明白了这一点,艺术家就难免兴起"念天地之悠悠,独怆然而涕下"的寂寞之感。人能绘下长江万里图令人动容,但永远不如长江的真情实景令人感动;人能录下蝉的鸣唱,但永远不能代替看美丽的蝉在树梢唱出动人的歌声。

那一天,我在竹林里听到竹子随风吹笛,竟忘记了时间的流逝,等我走出竹林,夕阳已徘徊在山谷。雨已经停了,我却好像经过一场心灵的沐浴,把尘俗都洗去了。

我感觉到,只要有自然,人就没有自暴自弃的理由。

青铜时代

近代雕刻大师罗丹,有一件早年的作品《青铜时代》(*The Age Of Bronze*),是我十分喜爱的雕刻作品。这件作品雕的是一个青年的裸像,他的右手紧紧抓着头发,左手握紧拳头,头部向着远方和高处,眼睛尚未睁开,右脚的步伐在举与未举之间。巴黎大学教授熊秉明说这件作品"年轻的躯体还在沉睡与清醒之间,全身的肌肉也都在沉睡与清醒之间,眼睛还没有睁开,尚未看到外界,当然尚未看到敌人与爱人,像一个刚刚成熟的蛹,开始辗转蠕动,顷刻间便要冲破茧壳,跳入广阔的世界"。

他还说:"好像火车头的蒸汽锅已经烧足火力,只还没有开闸发动。"他并且评述说:"我想老年的罗丹就再做不出《青铜时代》来。只有少壮的雕刻家的手和心才能塑出如此少壮生命的仪态和心态。"

熊秉明先生在《罗丹:日记择抄》中所做对《青铜时代》的观察

与评论都非常深刻，使我想起去年在美国华盛顿国家美术馆看罗丹的雕刻大展，当时最吸引我注意的是《青铜时代》与《沉思者》两件作品。《沉思者》刻着一个中年人支着下巴在幽思，是最广为人知的罗丹作品，也是罗丹风格奠定以后的杰作，《青铜时代》则是鲜为人知，有许多罗丹的画册甚至没有这件品，老实说，我自己喜爱《青铜时代》是远胜于《沉思者》的。

在美术馆里，我从《青铜时代》走到《沉思者》，再走回来，往来反复地看这两件作品，希望找出为什么我偏爱罗丹"少作"胜过"名作"的理由，后来我站在高一百八十一厘米与真人同大的《青铜时代》面前，仿佛看到自己还未起步时青春璀璨的岁月。

我发现我爱《青铜时代》是因为它充满了未知的可能，它可以默默无闻，也能灿然放光；它可以渺小如一粒沙，也能高大像一座山；它可能在迈步时就跌倒，也可能走到浩浩远方；它说不定短暂，但或者也会不朽……因为，它到底只走了生命的一小段。

《沉思者》却不同，它坐着虽有一百八十六厘米高，肌肉也十分强健，但到底已经走到生命的一半，必须坐下来反省了，由于它有了太多的反省，生命的可能减弱了，也阻碍了行动的勇猛。两者之间的差别是很大的，不管怎么样，青年总比中年有更大的天空，它真像刚刚出炉的青铜，敲起来铿然有声、清脆悦耳，到了中年，就不免要坐下来沉思自己身上的铜锈了。

看《青铜时代》与《沉思者》使我想起一句阿拉伯成语："人生包含两部分，一部分是往事，是一场梦；一部分是未来，是一点儿希望。"对刚刚起步的青年，未来的希望浓厚，对坐在椅子上沉思的中年，就大半是往事的梦了。

不久前，有一位在大学读书的青年来找我，他对铺展在前面的路感觉到徘徊、惶恐、无依，不知如何去走未来的路。我想，每个人的青年时代都要面临这样的考验，在青年时就走得很平稳的人几乎没有。有人说《青铜时代》是罗丹青年时期的自塑像，即使像他这样的大艺术家，显然也经过相当长久的挣扎，没有青铜时代的挣扎与试炼，就没有后来的罗丹。

现代人每天几乎都会在镜子前面照见自己的面影，这张普通的日日相对的脸，都曾经扬散过青春的光与热，可怕的不是青春时的不稳，可怕的乃是青春的缓缓退去。这时，"英雄的野心"是很重要的，就是塑造自己把握时势的野心，这样过了青春，才能无怨。

我曾注意观察一群儿童捏泥巴，他们捏出来的作品也许是童稚的、不成熟的，但我可以在那泥巴里看见他们旺盛茁长的生命与充满美好的希望。而从来没有一位儿童在看人捏泥巴时不自己动手，肯坐在一旁沉思。

每个人的青年期都平凡如一团泥巴，只看如何去捏塑。罗丹之所以成为伟大的艺术家，那是他把人人有过的泥巴、石头、青铜一再地来见证自己的生命,终于成就了自己。

能这样想,才能从《青铜时代》体会到更大的启示,一个升火待发的火车头总比一部行到终点的车头更能令人动容。

生命的出口

坐在窗边喝茶看报纸,读到一则消息:一个高中女生为情跳楼自尽。第二天,她的男友从桥上跳入河心,也自杀了。

这时候,一只小黄蜂从窗外飞了进来,在室内绕了两圈,再回到原来的窗户,竟然就飞不出去了。可怜小黄蜂不知道世上竟有"玻璃"这种东西,明明看见屋外的山,却飞不出去,在玻璃窗上撞得"咚咚"作响。

忙了一阵子,眼看无路可走了,它停在玻璃上踱步,好像在思考一样,想了半天,小黄蜂突然飞起来,绕了一圈,从它闯进来的纱窗缝隙飞了出去,消失在空中。

小黄蜂的举动使我感到惊奇,原来黄蜂是会思考的,在无路可出之际,它会往后回旋,寻找出路。

对照起来,人的痴迷使我感到迷茫了。

对于陷入情感里的男女,是不是正像闯入一个房子的小黄蜂,等到要飞出去时已找不到进入的路口?是不是隔在人与生活中的情感玻璃使我们陷入绝境呢?隔着玻璃看见的山水和没有玻璃相隔的山水是一样的,但为什么就走不出去呢?

这样的绝境,为什么人不会像小黄蜂一样退回原来的位置,绕室一圈,来寻生命的出口呢?

是不是人在情感上比小黄蜂还要冲动?

是不是由于人的结构更细密,所以失去像小黄蜂那种单纯的思维?

是不是一只小黄蜂也比人更珍惜生命呢?

对这一层一层涌起的问题,我也无力回答,我只知道人在深陷绝境时,更应该懂得静心,懂得冷静地思维。在生命找不到出路时,要后退一步,观照全局。或者,就在静心与观照时,生命的出路就显现出来了。

昨日当我们年轻时,在情感挫折的时候,都会想过了结生命,以解脱一切的痛苦与纠葛。

但是今日回观,并没有必死之理,那是因为情感的发展只是一个过程接一个过程,乃是因缘的幻灭,如果情爱受挫就要自尽,这世上的人类早就灭绝了。

何况,活着,或者死去,世界并不会有什么改变,情感也不会变得深刻，反而失去了再创造、再发展的生机，岂不可惜复可怜？

正如一只山上飞来的黄蜂，如果刚刚撞玻璃而死，山林又有什么改变呢？现在它飞走了，整个山林都是它的，它可飞或者不飞，它可以跳舞或者不跳舞……它可以有生命的许多选择，它的每一个选择都会比死亡更生动而有趣呀！

第一次情感失败而没有死的人，可能找到更深刻的情感。

第二次情感受挫没有死的人，可能找到更幸福的人生。

许多次在情感里困苦受难的人，如果有体验，一定会触及灵性的深度。

我这样想着，但是我并不谴责那些殉情的人，而是感到遗憾，他们自己斩断了一切幸福的可能。

我的心里有深深的祝福，祝福真有来生，可以了却他们的爱恋痴心。

可叹的是，幸福的可能是今生随时可以创造的，而来生，谁能知道呢？

许多次在情感里困苦受难的人
如果有体验
一定会触及灵性的深度

纵使太阳和星月都冷了
群山草木都衰尽了
香炉的微光还在记忆的最初
在任何可见和不可知的角落
温暖地燃烧着

第四辑

暗夜里的一盏灯

鸳鸯香炉

平凡最难

常想一二

太阳雨

天寒露重，望君保重

忧欢派对

欢乐中国节

生命的接榫

超越的心

从最根深处站起来

心灵的护岸

白雪少年

鸳鸯香炉

一对瓷器做成的鸳鸯,一只朝东,一只向西,小巧灵动,仿佛刚刚在天涯的一角交会,各自轻轻拍着羽翼,错着身,从水面无声划过。

这一对鸳鸯关在南京东路一家宝石店中金光闪烁的橱窗一角,它鲜艳的色彩比珊瑚、宝石、翡翠还要灿亮。但是,由于它们的游姿那样平和安静,竟仿若它和人间全然无涉,一直要往远方无止境地游去。

再往内望去,宝石店里供着一个小小的神案,上书"天地君亲师"五个大字。沉香还未烧尽,烟香缭绕,我站在橱窗前不禁痴了,好像鸳鸯带领我,顺着烟香的纹路游到我童年的梦境里去。

记得我还未识字以前,祖厅神案上就摆着一对鸳鸯,是瓷器做成的檀香炉,终年氤氲着一缕香烟,在厅堂里绕来绕去。檀香的气味仿佛可以勾起人深沉平和的心灵世界,即使是一个小小孩儿也被吸引得意兴飘飞。我常和兄弟们在厅堂中嬉戏,每当我跑过香炉前,闻到檀香之气，总会不自觉地出了神儿，呆呆看那一缕轻淡但不绝的香烟。

尤其是冬天，一缕直直飘上的烟，不仅是香，甚至也是温暖的象征。有时候一家人不说什么，夜里围坐在香炉前面，情感好像交融在炉中，并且烧出一股淡淡的香气了。它比神案上插香的炉子更让我深切感受到一种无名的温暖。

最喜欢夏日夜晚，我们围坐着听老祖父说故事。祖父总是先慢条斯理地燃起那个鸳鸯香炉，然后坐在他的藤摇椅中，说起那些流动着血泪声香的感人故事。我们倚在祖父膝前，张开好奇的眼眸，倾听祖先依旧动人的足音响动。越到星空夜静，香炉的烟就越是直直地升到屋梁，绕着屋梁飘到庭前来，一丝一丝，萤火虫都被吸引来。香烟就像点着萤火虫尾部的光亮，一盏盏微弱的灯火四散飞升，点亮了满天的向往。

有时候是秋色萧瑟，空气中有一种透明的凉，秋叶正红，鸳鸯香炉的烟柔软得似蛇一样升起，烟用小小的手推开寒凉的秋夜，推出一扇温暖的天空。从潇湘的后院看去，几乎能看见那一对鸳鸯依偎着的身影。

那一对鸳鸯香炉的造型十分奇妙，雌雄的腹部连在一起，雄的稍前，雌的在后。雌鸳鸯是铁灰一样的褐色，翅膀是绀青色，腹部是白底，有褐色的浓斑，像褐色的碎花开在严冬的冰雪之上，它圆形的小头颅微缩着，斜倚在雄鸳鸯的肩膀上。

雄鸳鸯和雌鸳鸯完全不同，它的头高高仰起，头上有冠，冠上是赤铜色的长毛，两边彩色斑斓的翅翼高高翘起，像一个两面夹着盾牌的武士。它的背部更是美丽，红的、绿的、黄的、白的、紫的全开在一处，仿佛春天里怒放的花园。它的红嘴是龙吐珠，黑眼是一朵黑色的玫瑰，腹部微茫的白点是满天星。

那一对相偎相依的鸳鸯，一起栖息在一片晶莹翠绿的大荷叶上。

鸳鸯香炉的腹部相通，背部各有一个小小的圆洞，当檀香的烟从它们背部冒出的时候，外表上看像是各自焚烧，事实上腹与腹间互相感应。我最常玩的一种游戏，就是在雄鸳鸯身上烧了檀香，然后把雄鸳鸯的背部盖起来，烟与香气就会从雌鸳鸯的背部升起；如果在雌鸳鸯的身上烧檀香，盖住背部，香烟则从雄鸳鸯的背上升起来；如果把两边都盖住，它们就像约好了一样，一瞬间，檀香就在腹中熄灭了。

倘若两边都不盖，只要点着一只，烟就会均匀地冒出，它们各生一缕烟，升到中途慢慢氤氲在一起，到屋顶时已经分不开了，交缠的烟在风中弯弯曲曲，如同合唱着一首有节奏的歌。

鸳鸯香炉的记忆，是我童年的最初，经过时间的洗涤越久，形象越是晶明，它几乎可以说是我对情感和艺术的最初向往。鸳鸯香炉不知道出于哪一位匠人之手，后来被祖父购得，它的颜色造型之美让我明白并体会到中国民间艺术之美；虽是一个平凡的物件，却有一颗生动灵巧的匠人心灵在其中游动，使香炉经过百年都还像是活的一般。

民间艺术之美总是平凡中见真性，在平和的贞静里历百年还能给我们新的启示。

关于情感的向往，我曾问过祖父，为什么鸳鸯香炉要腹部相连？祖父说，鸳鸯没有单只的，鸳鸯是中国人对夫妻的形容。夫妻就像这对香炉，表面各自独立，腹中却有一点儿心意相通，这种相通，在点了火的时候最容易看出来。

我家的鸳鸯香炉每日都有几次点燃的经验，每经一次燃烧，那一对鸳鸯就好像靠得更紧。我想，如果香炉在天际如烽火，火的悲壮也不足以使它们殉情，因为它们的精神和象征立于无限的视野，永远不会畏怯，在火炼中也永不消逝。比翼鸟飞久了，总会往不同的方向飞；连理枝老了，也只好在枝丫上无聊地对答。鸳鸯香炉不同，因为有火，它们不老。

稍稍长大后，我识字了，识字以后就无法抑制自己的想象力飞奔，常常从一个字一个词句中飞腾出来，去找新的意义。"鸳鸯香炉"四字就使我想象力飞奔，觉得用"鸳鸯"比喻夫妻真是再恰当不过，"鸳"的上面是"怨"，"鸯"的上面是"央"。

"怨"是又恨又叹的意思，有许多抱怨的时刻，有很多无可奈何的时刻，甚至也有很多苦痛无处诉的时刻。"央"是求的意思，是《诗经》中说的"和铃央央"的和声，是有求有报的意思，有许多互相需要的时刻，有许多互相依赖的时刻，甚至也有很多互相怜惜求爱的时刻。

夫妻生活是一个有颜色、有生息、有动静的世界。在我的认知里，夫妻的世界几乎没有无怨无忧幸福无边的例子，因此，要在"怨"与"央"间找到平衡，才能是永世不移的鸳鸯。鸳鸯香炉的腹部相通是一道伤口，夫妻的伤口几乎只有一种药，这药就是温柔，"怨"也温柔，"央"也温柔。

所有的夫妻都曾经拥抱过、热爱过、深情过，为什么有许多到最后分飞东西，或者郁郁而终呢？爱的诺言开花了，虽然不一定结果，但是每年都开了更多的花，用来唤醒刚坠入爱河的新芽，鸳鸯香炉是一种未名的爱，不用声名，千万种爱都升自胸腹中柔柔的一缕烟。把鸳鸯从水面上提升到情感的诠释，就像鸳鸯香炉虽然沉重，它的烟却总是往上飞升，或许能给我们一些新的启示吧！

至于"香炉"，我感觉所有的夫妻最后都要迈入"共守一炉香"的境界，久了就不只是爱，而是亲情。任何婚姻的最后，热情总会消退，就像宗教的热诚最后会平淡到只剩下虔敬；最后的象征是"一炉香"，在空阔平朗的生活中缓缓燃烧，那升起的烟，我们逼近时可以体贴的感觉，我们站远了，还有温暖。

我曾在万华的小巷中看过一对看守寺庙的老夫妇，他们的工作很简单，就是在晨昏时上一炷香，以及打扫那一间被岁月剥蚀的小庙。我去的时候，他们总是无言，轻轻地动作，任阳光一寸一寸移到神案之前，等到他们工作完后，总是相携着手，慢慢左拐右弯地消失在小巷的尽头。

我曾在信义路附近的巷子口,看过一对捡拾破烂的中年夫妻,丈夫吃力地踩着一辆三轮板车,口中还叫着收破烂特有的语言,妻子经过每家门口,把人们弃置的空罐酒瓶、残旧书报一一丢到板车上,到巷口时,妻子跳到板车后座,熟练安稳地坐着,露出做完工作欣慰的微笑,丈夫也突然吹起口哨来了。

我曾在通化街的小面摊上,仔细地观察一对卖牛肉面的少年夫妻。丈夫总是自信地在热气腾腾的锅边下面条,妻子则一边招呼客人,一边清洁桌椅,还要弯下腰来洗涤油污的碗碟。在卖面的空当儿,他们急急地共吃一碗面,妻子一径把肉夹给丈夫,他们那样自若,那样无畏地生活着。

我也曾在南澳乡的山中,看到一对刚做完香菇烘焙工作的山地夫妻,依偎着共坐在一块大石上,谈着今年的耕耘与收成,谈着生活里最细微的事,一任顽皮的孩童丢石头,把他们身后的鸟雀惊飞而浑然不觉。

我更曾在嘉义县内一个大户人家的后院里,看到一位须发俱白的老先生,爬到一棵莲雾树上摘莲雾,他年迈的妻子兜着围裙站在莲雾树下接莲雾,他们的笑声那样年少,连围墙外都听得分明。他们不能说明什么,他们说明的是一炉燃烧了很久的香还会有它的温暖,那香炉的烟虽弱,却有力量,它顺着岁月之流可以飘进任何一扇敞开的门窗里。

每当我看到这样的景象,总是站得远远的仔细听,香炉的烟声传来,其中好像有瀑布奔流的响声,越过高山,流过大河,在我的胸腹间奔湍。如果没有这些平凡生活的动作,恐怕也难以印证情爱可以长久吧!

童年的鸳鸯香炉,经过几次家族的搬迁,已经不知流落到什么地方——或者在另一个少年家里的神案上,再要找到一个同样的香炉恐怕永不可得,但是它的造型、色泽以及在荷叶上栖息的姿势,却为时日久还是鲜锐无比。每当在情感受挫、生活困顿之际,我总是循着时间的河流回到岁月深处去找那一盏鸳鸯香炉,它是情爱最美丽的一个鲜红落款,情爱画成一张重重叠叠交缠不清的水墨画,水墨最深的山中洒下一条清明的瀑布,瀑布流到无止境的地方是香炉美丽明晰的章子。

鸳鸯香炉好像暗夜里的一盏灯,使我童年对情感的认知乍见光明,在人世的幽晦中带来前进的力量,使我即使只在南京东路宝石店橱窗中,看到一对普通的鸳鸯瓷器都要怅然良久。就像坐在一个黑乎乎的房子里,第一盏点着的灯最明亮,最能感受明与暗的分野,后来即使有再多的灯,总不如第一盏那样,让我们长记不息;坐在长廊尽处,纵使太阳和星月都冷了,群山草木都哀尽了,香炉的微光还在记忆的最初,在任何可见和不可知的角落,温暖地燃烧着。

平凡不只是
演员在戏台上最难扮演
在实际人生里
也是最难的一种演出

平凡最难

与几位演员在一起聊天,谈到演戏的心得。

有一位说:"我喜欢演冲突性强的人物,生命有高低潮的。"另一位说:"怪不得你演流氓演得好,演教师就不像样了。"

还有一位说:"每次演悲剧就感觉自己能完全投入,演得真是悲惨,可是演喜剧就进不去,喜剧的表演真是比悲剧难呀!"另外一位这样答腔:"那是由于在本质上,人生是个悲剧,真实的痛苦很多,真实的快乐却很少。"

大家七嘴八舌地讲自己对演出与人生的看法,却得到了两个根本的结论:一是不管电影、电视或舞台,演流氓、妓女、失败者、邪恶者、落拓者总是容易一些,也可以演得传神,那是因为大家对坏的形象有一种共同的认知;可是对善良的、乐观的人生却没有共同的标准。二是全世界最难演出的人,就是那些平顺着过日子,没有什么冲突的人,像教师、公务员、小职员、家庭主妇,因为他们的一生仿佛一开始就是那个样子,结束也就是那个样子了。

一个演员感慨地说:"平凡是最难演的呀!"

我们如果把这句话稍作转换,可以变成是:"平凡是最难的呀!"或者说:"安于平凡是最难的呀!"尤其是当一个人可以选择轰轰烈烈地过日子时,他却选择了平凡;当一个人只要一动念就可能获名求利满足欲望时,他却选择了平凡;当一个人位高权尊力能扛鼎时,他毅然选择了平凡。

最难得的是,一个人在多么不平凡的情况下,还有平凡之心,知道如何走进平凡人的世界,知道这世界原是平凡者所构成,自己的不平凡乃是多数人安于平凡所造成的结果。

平凡者,就是平顺、安常、知足,平凡人的一生就是平安知足的一生。一个社会格局的开创固然需要很多不凡人物的创造,但一个社会能否持久安定维持文化的尊严与品格,则需要许多平凡人的默默奉献与牺牲。

每个人青年时代的立志,多是要做顶天立地的大丈夫,要做叱咤风云的大人物,可是到了后来才发现,其实自己也不过是社会里平凡的一分子,没有半个能成为真正的大英雄大豪杰。但我们从更大的角度看,那些自命为大人物者,何尝不也是宇宙的一粒沙尘呢?

这并不是说我们不要立大志,而是当我们往大的志向走去时,不管成功或失败,都要知道"平凡最难"!

  平凡不只是演员在戏台上最难扮演,在实际人生里也是最难的一种演出。

常想一二

朋友买来纸笔砚台,请我题几个字让他挂在新居客厅上补壁。

这使我感到有些为难,因为我自知字写得不好看,何况已经有很多年没写书法了。

朋友说:"怕什么?挂你的字我感到很光荣,我都不怕了,你怕什么?"

我便在朋友面前展纸、磨墨,写了四个字:"常想一二"。

朋友说:"这是什么意思?"

我说:"意思是说我字写得不好,你看到这幅字,请多多包涵,多想一二件我的好处,就原谅我了。"

看到我玩笑的态度,朋友说:"讲正经的,到底是什么意思?"

"俗语说'人生不如意事十常八九',我们生命里面不如意的事占了绝大部分,因此,活着本身是痛苦的。但扣除八九成的不如意,至少还有一二成是如意的、快乐的、欣慰的事情,我们如果要过快乐人生,就要常想那一二成好事,这样就会感到庆幸、懂得珍惜,不致被八九成的不如意所打倒了。"

朋友听了,非常欢喜,抱着"常想一二"回家了。

几个月之后,他来探视我,又来向我求字,说是:"每天在办公室里劳累受气,一回家之后看见那幅'常想一二'就很开心,但是墙壁太大,字显得太小,你再写几个字吧!"

对于好朋友,我一向有求必应,于是为"常想一二"写了下联"不思八九",上面又写了"如意"的横批,中间随手画一幅写意的瓶花。

没想到过几个月,我再婚的消息披露报端,引起许多离奇的传说与流言的困扰,朋友有一天打电话来,说他正坐在客厅我写的字前面,他说"想不出什么话来安慰你,念你自己写的字给你听:常想一二、不思八九,事事如意"。

接到朋友的电话使我很感动,我常觉得在别人的喜庆中锦上添花容易,在别人的苦难里雪中送炭却很困难,那种比例,大约也是"八九"与"一二"之比。不能雪中送炭的不是真朋友,当然更甭说那些落井下石的人了。

不过,一个人到了四十岁后,在生活中大概都锻炼出"宠辱不惊"的本事,也不会在乎锦上添花、雪中送炭或落井下石了。那是因为我们已经历过生命的痛苦与挫折,也经验了许多情感的相逢与离散,慢慢地寻索出生命中积极的、快乐的、正向的观想，这种观想，正是"常想一二"。

"常想一二"的观想，乃是在重重乌云中寻觅一丝黎明的曙光，乃是在滚滚红尘中开启一些宁静的消息，乃是在濒临窒息时，有一次深长的呼吸。

生命已经够苦了，如果我们把几十年的不如意事总和起来，一定会使我们举步维艰。生活与感情陷入苦境，有时是无可奈何的，但是如果连思想和心情都陷入苦境，那就是自讨苦吃，苦上加苦了。

我从小喜欢阅读大人物的传记和回忆录，慢慢归纳出一个公式：凡是大人物都是受苦受难的，他们的生命几乎就是"人生不如意事十常八九"的真实证言，但他们在面对苦难时也都能保持正向的思考，能"常想一二"，最后他们超越苦难，苦难便化成生命中最肥沃的养料。使我深受感动的不是他们的苦难，因为苦难到处都有，使我感动的是：他们面对苦难时的坚持、乐观与勇气。

原来，如意或不如意，并不是取决于人生的际遇，而是取决于思想的瞬间。

原来，决定生命品质，塑造人生境界的不是"八九"，而是"一二"。

太阳雨

对太阳雨的第一印象是这样子的。

幼年随母亲到芋田里采芋梗,要回家做晚餐,母亲用半月形的小刀把芋梗采下,我蹲在一旁看着,想起芋梗油焖豆瓣酱的美味。

突然,被一阵巨大震耳的雷声所惊动,那雷声来自远方的山上。

我站起来,望向雷声的来处,发现天空那头的乌云好似听到了召集令,同时向山头的顶端飞驰集合,密密层层地叠成一堆。雷声继续响着,仿佛战鼓频催,一阵急过一阵,忽然,将军喊了一声:"冲呀!"

乌云里哗哗洒下一阵大雨,雨势极大,大到数公里之外就能听见噼啪之声,撒豆成兵一般。我站在田里被这阵雨的气势震慑住了,看着远处的雨幕发呆,因为如此巨大的雷声、如此迅速集结的乌云、如此不可思议的澎湃之雨,我还是第一次看见。

说是"雨幕"一点儿也不错,那阵雨就像电影散场时拉起来的厚重黑幕,整齐地拉成一列,雨水则踏着军人的正步,齐声踩过田原,还呼喊着雄壮威武的口令。

平常我听到打雷声都要哭的,那一天却没有哭,就像第一次被鹅咬到屁股,意外多过惊慌。最奇异的是,雨虽是那样大,离我和母亲的位置不远,而我们站的地方阳光依然普照,母亲也没有跑的意思。

"妈妈,雨快到了,下很大呢!"

"是西北雨,没要紧,不一定会下到这里。"

母亲的话说完才一瞬间,西北雨就到了,有如机枪掠空,"哗啦"一声从我们头顶掠过,就在扫过的那一刹那,我的全身已经湿透,那雨滴的巨大也超乎我的想象,炸开来几乎有一个手掌,打在身上,微微发疼。

西北雨淹过我们,继续向前冲去。奇异的是,我们站的地方仍然阳光普照,使落下的雨丝恍如金线,一条一条编织成金黄色的大地,溅起来的水滴像是碎金屑,真是美极了。

母亲还是没有要躲雨的意思,事实上空旷的田野也无处可躲。她继续把未采收过的芋梗采收完毕,记得她曾告诉我,如果不把粗的芋梗割下,包覆其中的嫩叶就会壮大得慢,在地里的芋头也长不坚实。

把芋梗用草捆扎起来的时候,母亲对我说:"这是西北雨,如果边出太阳边下雨,叫作日头雨,也叫作三八雨。"接着,她解释说:"我刚刚以为这阵雨不会下到芋田,没想到看错了,因为日头雨虽然大,却下不广,也下不久。"

我们在田里的对话就像家中一般平常,几乎忘记是站在庞大的雨阵中。母亲大概是看到我愣头愣脑的样子,笑了,说:"打在头上会痛吧!"然后顺手割下一片最大的芋叶让我撑着,芋叶遮不住西北雨,却可以暂时挡住雨打的疼痛。

我们工作快完的时候,西北雨就停了。我随着母亲沿田埂走回家,看到充沛的水在圳沟里奔流,整个旗尾溪都快涨满了,可见这雨虽短暂,却是多么巨大。

太阳依然照着,好像无视刚刚的一场雨。我感觉自己身上的雨水向上快速地蒸发,田地上也像冒着腾腾的白气。觉得空气里有一股甜甜的热,土地上则充满着生机。

"这西北雨是很肥的,对我们的土地是最好的东西。我们做田人,偶尔淋几次西北雨,以后风呀雨呀,就不会轻易让我们感冒。"田埂只容一人通过,母亲回头对我说。

这时,我们走到蕉园附近,高大的父亲从蕉园穿出来,全身也湿透了,"咻!这阵雨真够大!"然后他把我抱起来,摸摸我的光头,说:"给雷公惊到了吗?"我摇摇头,父亲高兴地笑了:"哈……金刚头,不惊风、不惊雨、不惊日头。"

接着,他把斗笠戴在我头上,我们慢慢地走回家去。

回到家,我身上的衣服都干了,在家院前,我仰头看着刚刚下过太阳雨的田野远处，看到一条圆弧形的彩虹晶亮地横过天际，天空中干净清朗，没有一丝杂质。

每年到了夏天，在台湾南部都有西北雨，午后刚睡好午觉，雷声就会准时响起，有时下在东边，有时下在西边，像是雨和土地的约会。在台北城，夏天的时候如果空气污浊，我就会想："如果来一场西北雨就好了！"西北雨虽然狂烈，却是土地生机的来源，也让我们在雄浑的雨景中，感到人是多么渺小。

我觉得这世界之所以会人欲横流、贪婪无尽，是由于人不能自见渺小，因此对天地与自然的律则缺少敬畏。大风大雨在某些时刻给我们一种启发，记得我小时候遇过几次大台风，从家里的木格窗看见父亲种的香蕉，成排成排地倒下去，心里忧伤，却也同时感受到无比的大力，对自然有一种敬畏之情。

台风过后，我们小孩子会相约到旗尾溪看大水，看大水淹没了溪洲，淹到堤防的腰际，上游的牛羊猪鸡，甚至农舍的屋顶，都在溪中浮沉漂流而去，有时还会看见两人合围的大树，整棵连根流向大海，我们就会默然肃立，不能言语。呀！从山水与生命的远景看来，人是渺小一如蝼蚁的。

我时常忆起那骤下骤停、瞬间阳光普照，或一边下大雨、一边出太阳的"太阳雨"。所谓的"三八雨"就是一块田里，一边下着雨，另外一边却不下雨，我有几次站在那雨线中间，让身体的右边接受雨的打击，左边接受阳光的照耀。

"三八雨"是人生的一个谜题，使我难以明白。问了母亲，她三言两语就解开了这个谜题，她说："任何事物都有界限，山再高，总有一个顶点；河流再长，总能找到它的起源；人再长寿，也不可能永远活着；雨也是这样，不可能遍天下都下着雨，也不可能永远下着……"

过程固然变化万千，结局也总是不可预测的，我们可能同时接受着雨的打击和阳光的温暖，我们也可能同时接受阳光无情的暴晒与雨水有情的润泽，山水介于有情与无情之间，能适性地、勇敢地举起脚步，我们就不会因自然轻易得感冒。

在苏东坡的词里有一首《水调歌头》，是我很喜欢的：

> 落日绣帘卷，亭下水连空。
> 知君为我新作，窗户湿青红。
> 长记平山堂上，欹枕江南烟雨，杳杳没孤鸿。
> 认得醉翁语：山色有无中。
> 一千顷，都镜净，倒碧峰。
> 忽然浪起，掀舞一叶白头翁。
> 堪笑兰台公子，未解庄生天籁，刚道有雌雄。
> 一点浩然气，千里快哉风！

在人生广大的倒影里,原没有雌雄之别,千顷山河如镜,山色在有无之间,使我想起南方故乡的太阳雨,最爱的是末后两句:"一点浩然气,千里快哉风!"心里存有浩然之气的人,千里的风都不亦快哉,为他飞舞、为他鼓掌!

这样想来,生命的大风大雨,不都是我们的掌声吗?

天寒露重，望君保重

到阳明山看樱花，春日的樱花一片繁华，仿如昨夜未睡的红星携手到人间游玩，来不及回到天上。

在每年樱花盛开的时候，我都会感到恋恋，隔个两三天总会到山上与樱花见面。

我喜欢在樱花林中散步，踩过满地的落英，这人间是多么繁华呀！人间的繁华又是多么容易凋落呀！樱花给我的启示是，不管时间是多么短暂，都要把一切的生命用来开放，如果盛放的时刻是美的，凋落时尽管无声，也会留下美的痕迹。

与樱花的相会，我总感觉与樱花的心灵相映，我们的心里保留了天地的爱、保存了美，才能在春风吹拂之前，温柔地点燃。

穿过樱花林，去泡个温泉吧！

阳明山的白温泉，如梦的乳花，使人觉得不似在人间，尤其坐在露天的温泉土坡,俯望着小草山,看山间日暮的浓雾迤逦前来,将整片山林包覆。

山是温柔,雾是温柔,樱花是温柔,心是一切温柔的起点,我愿能常保这一切温柔的心情。

我泡在温泉池里,看着茫茫白雾,突然从心底冒出了一句话:"天寒露重,望君保重。"

这是妈妈写信给我最常用的句子。

我十五岁就离开家乡,在远地的城市读高中,每个星期,妈妈总会写信给我。也许是受日本教育的缘故,妈妈的信有固定的格式,信封上她写的是"林清玄君样",春天,她常在信末写着"春日平安",到了冬天,她总是写"天寒露重,望君保重"。

从高中时代到大学毕业,妈妈的问候语从未改变,一直到我装了电话,妈妈才停止写信给我。每年冬天的每个周末,我都期待着接到母亲的信,每当我看到"天寒露重,望君保重"时,内心总会涌起无限的暖流,在这么简短的语言里,蕴藏了妈妈深浓的爱意,爱是弥天盖地的,比雾还浓。

与内心深刻的情意相比,文字显得无关紧要,作为一个作家想要描摹情意,画家想要涂绘心境,音乐家想要弹奏思想,都只是勉力为之。我们使用了许多复杂的技巧、细致的符号、美丽的象征、丰富的譬喻,到最后才发现,往往最简单的最能凸显精神,最素朴的最有隽永的可能。

我们花许多时间建一座殿堂,最终被看见的只是小小的塔尖,在更远的地方,或者连塔尖也不见,只能听到塔里的钟声。

"天寒露重,望君保重。"这是母亲给我的生命的钟声,在母亲离世多年以后,还温暖着我,使我眼湿。

简单,而有丰沛的爱。

平常,而有深刻的心。

这是母亲给我最美好的遗产,她的一生都充满着简单生活的美,美在自然、美在简单、美在含蓄。

我的文学,也希望,能不断地趋近那样的境界。

洗去了一切的尘埃,我带着淡淡的硫黄香气下山,摇下车窗,让山风吹拂脸颊,山风温柔无语,带着无可言说的芬芳穿过来、穿过去,山樱的红,枫叶的橙,茶花的白,也随山风迎面。

"天寒露重,望君保重。"我轻轻朗诵着母亲的话语,感觉这句话就可以供养天地。

感觉,在遥远的、如梦的、不可知仙境的妈妈,也能微笑垂听。

山是温柔
雾是温柔
樱花是温柔
心是一切温柔的起点
我愿能常保这一切温柔的心情

忧欢派对

有两位武士在树林里相遇了,他们同时看见树上一面盾牌。

"呀!一面银盾!"一位武士叫起来。

"胡说,那是一面金盾!"另一位武士说。

"明明是一面银制的盾,你怎么硬说是金盾呢?"

"那是金盾是明显不过的,为什么你强词夺理说是银盾?"

两位武士争吵起来,始而怒目相向,继而拔剑相斗,最后两人都受了致命的重伤,当他们向前倒下的一刹那,才看清树上的盾牌,一面是金的,一面是银的。

我很喜欢这则寓言,因为它有极丰富的象征,它告诉我们,一件事物总可以两面来看,如果只看一面往往看不见真实的面貌,因此,自我观点的争执是毫无意义的。进一步地说,这世界本来就有相对的两面,欢乐有多少,忧患就有多少;恨有多切,爱就有多深;

祸兮福所倚，福兮祸所伏；所以我们要找到身心的平衡点，就要先认识这是个相对的世界。

人的一生，说穿了，就是相对世界追逐与改变的历程，我们通常会在主客、人我、是非、知见、言语、动静中沉浮而不自知，凡是合乎自己所设定的标准时，就会感到欢愉幸福，不合乎我们的标准时，就会感到忧恼悲苦，这个世界之所以扰攘不安，就是由于人人的标准都不同。而人之沉于忧欢的旋涡，则是因为我们过度地依赖感觉，感觉乃是变换不定的、随外在转换的东西，使人都像走马灯一样，不停变换悲喜。

把人生的历程拉长来看，忧欢是生命中一体的两面，它们即使不同时现起，也总是相伴而行。

佛经里就有一个这样的故事：有两位仙女，一位人见人爱，美丽无比，名字叫"功德天"；另一位人见人恶，丑陋至极，名字叫"黑暗天"。当功德天去敲别人的门时，总是受到热烈招待，希望她能永远在家里做客，可是往往只住很短暂的时间，丑陋的黑暗天就接着来敲门，主人当然拒绝她走进家门一步。

这时候，功德天与黑暗天就会告诉那家的主人："我们是同胞姊妹，向来是形影不离的，如果要赶走妹妹，姊姊也不能单独留下来；如果要留下功德天，就必须让黑暗天也进门做客。"

愚蠢的主人就会把姊妹都留下来，他们为了享受功德，宁可承受黑暗。有智慧的主人则会把两姊妹都送走，宁可过恬淡的生活。

这也是一个非常有象征意味的寓言，它启示我们，有智慧的人"无求"，他知道人生的忧欢都只是客人而已，并非生命的本体，唯有不执着于功德的人，才不会有黑暗的侵扰——也唯有不追求欢乐的人，才不会落入忧苦的泥沼。

忧欢时常联手，这是生活里最无可奈何的景况，期许自己不被感觉所侵蚀的人，只有从超越感官的性灵入手。

有一次，我到一间寺庙去游玩，看到庙前树上挂着的木板上写着：

> 心安茅屋稳，
> 性定菜根香；
> 世事静方见，
> 人情淡始长。

安、定、静、淡应该是对治感官波动、悲喜冲击的好方法，可是在现实里并不容易做到。不过，对一个追求智慧的人，他必须知道，幸福的感受与人的心情态度有着密切的关系，有时候，那些看似平淡的事物反而能有深刻悠长的力量，这是为什么在真实相爱的情侣之间，一朵五块钱玫瑰花的价值，不比一粒五克拉的钻石逊色。

有一首流行甚广的民谣"茶山情歌"里有这样几句：

> 茶也青哟,
>
> 水也清哟,
>
> 清水烧茶,
>
> 献给心上的人,
>
> 情人上山你停一停,
>
> 喝口清茶,
>
> 表表我的心!

我每次听到这首歌,就深受感动,这原是采茶少女所唱的情歌,用青茶与清水来表达自己的情感,真是平常又非凡的表白。一个人的情感若能青翠如寒山雾气中的茶,清澈若山谷溪涧的水,确实是值得珍惜,可以像珍宝一样拿出来奉献的。

一杯清茶也可以如是缠绵,使人对爱情有更清净的向往,在爱恨炽烈的现代人看来,真是不可思议。然而,我们若要了解真爱,并进入人生更深刻的本质,就非使心情如茶般青翠、水样清明不可,可叹的是,现代人喝惯了浓烈的忧欢之酒,愈来愈少人懂得茶青水清的滋味了。

明朝时代,有一首山歌,和茶山情歌可以前后辉映:

> 不写情词不写诗,

> 一方素帕寄心知，
> 心知接了颠倒看，
> 横也丝来竖也丝，
> 这般心事有谁知？

一条白色的手帕，就能够如此丝缕牵缠，这种超乎言语的情意，现在也很少人知了。

情爱，算是人间最浓烈的感觉了，若能存心如清茶、如素帕，那么不论得失，情意也不至于完全失去，自然也不会反目成仇，转爱成恨了。只是即使淡如清茶还是有忧欢的波澜，不能有清净的究竟，历史上的禅师以观心、治心、直心的方法来超越，使人能高高地站在忧欢之上，我们来看两个公案，可以让我们从清茶、素帕再进一步，走入"高高山顶立，深深海底行"的世界。

有一位名叫玄机的尼师去参访雪峰禅师，禅师问说："什么处来？"

曰："大日山来。"

师曰："日出也未？"

曰："若出，则熔却雪峰。"

师曰："汝名什么？"

曰："玄机。"

师曰："日织多少？"

曰："寸丝不挂。"

雪峰听了默然不语，玄机十分得意礼拜而退，才走了三步，雪峰禅师说："你的袈裟角拖到地上了！"玄机回头看自己的袈裟，雪峰说："好一个寸丝不挂！"

这是多么机敏的谈话，玄机尼师的寸丝不挂立即被雪峰禅师勘破。这个公案使我们知道从"清茶素帕"到"寸丝不挂"之间是多么遥远的路途。

另一个公案是唐朝大诗人白居易去参惟宽禅师。

白居易："何以修心？"

惟宽："心本无损伤，云何要理？无论垢与净，切勿起念。"

白居易："垢即不可念，净无念可乎？"

惟宽："如人眼睛上一物不可住，金屑虽珍宝，在眼亦为病。"

惟宽禅师的说法，使我们知道，纵是净的念头也像眼睛里的金屑，并不值得追求。那么，若能垢净不染，则欢乐自然也不可求了。

禅师不着于生命，乃至不着一切意念的垢净，并不表示清净的人必须逃避浊世人生。在《西厢记》里有两句话："你也掉下半天风韵，我也飘去万种思量。"是说如果你不是那样美丽，我也不会如此思念你了。金圣叹看到这两句话就批道："昔时有人嗜蟹，有人劝他不可多食，他就发誓说：'希望来生我见不着蟹，也免得我吃蟹。'"这真是妙批，是希望从逃避外缘来免得爱恨的苦恼，但禅师不是这样的，他是从内心来根除染着，外缘上反而能不避，甚至可以无畏地承当了。也就是在繁花似锦之中，能向万里无寸草处行去！

宗宝禅师说得非常清楚透彻："圣人所以同者心也，凡人所以异者情也。此心弥满清净，中不容他，遍界遍空，如十日并照。觌面堂堂，如临宝镜，眉目分明。虽则分明，而欲求其体质，了不可得。虽不可得，而大用现前，折、旋、俯、仰、见、闻、觉、知，一一天真，无暂时休废。直下证入，名为得道。得时不是圣，未得时不是凡。只凡人当面错过，内见有心，外见有境，昼夜纷纭，随情造业，诘本穷源，实无根蒂。若是达心高士，一把金刚王宝剑，逢着便与截断，却不是遏捺念虑，屏除声色。一切时中，凡一切事，都不妨他，只是事来时不惑，事去时不留。"

真到寸丝不挂的禅者，他不是逃避世界的，也不是遏止捺住念头或挂虑，当然更不是屏除一切声色，他只是一一天真地面对世界，而能"事来时不惑，事去时不留"。

这是多么广大、高远的境界！

我们凡夫几乎是做不到一一天真、不惑不留的，却也不是不能转化忧欢的人生历练。我听过这样的故事：一位女歌手在演唱会中场休息的时候，知道了母亲过世的消息，她擦干眼泪继续上台做完未完的表演，唱了许多欢乐之歌，用悲伤的泪水带给更多人欢笑。

在这个世界上，还有更多的演员与歌手，他们必须在心情欢愉时唱忧伤之歌，演悲剧的戏；或者在饱受惨痛折磨时，还必须唱欢乐的歌，演喜剧的戏。而不管他们演的是喜是悲，都是为了化解观众生命的苦恼，使忧愁的人得到清洗，使欢喜的人更感觉幸福。文学家、音乐家、艺术家等心灵工作者，无不是这样子的。

实际人生也差不多是这样子，微笑的人可能是在掩盖心中的伤痛，哀愁者也可能隐藏或忽略了自己的幸福，更多的时候，是忧与伤的泪水同时流下。

不管是快乐或痛苦，人生的历程有许多没有选择余地的经验，这是有情者最大的困局。我们也许做不到禅师那样明净空如，但我们可以转换另一种表现，试图去跨越困局，使我们能茶青水清，并用来献给与我们一样有情的凡人，以自己无比的悲痛来疗治洗涤别人生命的伤口，困局经常是这样转化，心灵往往是这样逐渐清明的。

因此，让我们幸福的时候，唱欢乐之歌吧！

让我们忧伤的时候，更大声地唱欢乐之歌吧！

忧欢虽是有情必然的一种连结，但忧欢也只是生命偶然的一场派对！

欢乐中国节

传说在中国有三位修行者，没有人知道他们的名字，只知道他们是爱笑的圣人，因为当人们看到他们时，他们总是在笑，从一个城市笑到另一个城市。

每到一个城市，他们就会在市场、街道，或广场中央大笑，使附近的人都过来围着他们，慢慢地，本来迟疑的人也走过来了，像口渴的人走向井边，顾客忘了他们要买什么，店主把店铺关了，一起到这三个人的旁边，看他们笑。

他们的笑是那么自在、那么无碍、那么优美、那么光辉，使旁观的人都深深地感动了，因为生活在市集里的人从没有那样笑过，甚至已经忘记人可以那样笑着。

他们的笑会感染，旁观的人开始笑，然后所有的人都笑了，就在几分钟前，那市场是个丑陋的地方，人们有的只是贪婪、嗔恨、愚痴，卖的人只想到钱和渴望钱，买者则只想贪小便宜，他们的笑改变了市场的气氛，使所有的人汇成一体，欢欣、无私、互相欣赏，就好像很久才有一次的节庆。

人们先是笑，忘记了是要买或卖，随后，人们真心笑了，最后甚至围着三个人忘情地跳舞，仿佛进入一个新世界。

由于这三个人所到之处，都带着欢笑，使他们行经之地都变成天堂，所有的人都喜欢见到他们，称他们是"三个爱笑的圣人"。

当圣人的名字传扬开来，就有人来问道："给我们一些启示，教导我们一些真理吧！"

他们总是说："我们没有什么好说，只是不断地笑！"

他们走遍全中国，从一地到另一地、从城市到乡村，帮助人们去笑、去开发内在的笑意，凡是悲伤、哀痛、贪婪、嗔恨、愚笨的人都跟着他们笑，慢慢地，人们懂得笑了，生命就得到了崭新的蜕变，就像是一只丑陋爬行的虫化成了斑灿自由的彩蝶。

他们的日子就在笑中度过。

有一天，三个爱笑的圣人之一过世了，村人聚集着说："他们的友谊那么好，现在另外两位一定会哭吧！他们不可能再笑了。"

但是，当村民看到其中两位时都吃了一惊，因为他们正在笑，在唱歌跳舞，在庆祝最好的朋友离开了这个世界。

村民充满疑惑，并且有一点儿生气地说："你们这样太过分了，一个人死了是多么悲伤的事，你们还笑、还跳舞，这对死去的人是多么不敬！"

两个微笑的圣人说："我们的一生都在笑里度过，我们必须欢笑，因为对一位一生都笑的人，欢笑是最好的，也是唯一的告别。而且，我们不觉得他过世了，因为生命不死，笑着离开的人一定会笑着回来！"

笑是永恒的，就像波浪推动，而海洋不变；生命是永恒的，就像演员下台了，戏剧仍在进行；大化是永恒的，花开花落，树却不会枯萎。可惜，村民不能了解这些，所以那天只有他们两个人在笑。

尸体要焚化之前，村民说："依照仪式，我们要给他洗澡，换一套干净的衣服。"

但是两个微笑的圣人说："不！我的朋友生前就吩咐不举行任何仪式，只要按照他原来的样子放在焚化台上面就好了。"于是，死者被以本来面目放在焚化台上焚烧。

当火点燃的时候，突然之间，烟火四射，原来那个老人在他的衣服里藏着许多节庆的鞭炮和烟火，作为他送给观礼者的礼物。

烟火飞扬到高空，爆开时有各种缤纷的颜色，闪亮的火光照耀了整个村落。

本来微笑的圣人疯狂地笑了起来，村民也笑起来，马路、树木、花草，甚至焚烧尸体的火焰都在笑着，然后大家开始快乐地跳舞，过了村落有史以来最大的庆祝会，在欢笑与跳舞的时候，大家感觉到那不是一个死亡，而是一个新生命的开始、一个全新的复活。

最后大家都知道了：如果能改变死亡的悲伤，知道生死的实相，人就不会有什么损失了！

对我们来说，只有当我们知道快乐与悲伤是生命必然的两端时，我们才有好的态度来面对生命的整体。

如果生命里只有喜乐，生命就不会有深度，生命也会呈单面的发展，像海面的波浪。如果生命里有喜乐、有悲伤，生命才是多层面的、有活力的、有深度，又能发展的。

遇到生命的快乐，我要庆祝它！遇到生命的悲伤，我也要庆祝它！庆祝生命是我的态度，不管是遇到什么！快乐固然是热闹温暖，悲伤则是更深刻的宁静、优美，而值得深思。

在禅里，把快乐的庆祝称为"笑里藏刀"——就是在笑着的时候，心里也藏着敏锐的机锋。把悲伤的庆祝称为"逆来顺受"——就是在艰苦的逆境中，还能发自内心的感激，用好的态度来承受。

用同样的一把小提琴，可以演奏出无比忧伤的夜曲，也可以演奏出非凡舞蹈的快乐颂，它所达到的是一样伟大、优雅、动人的境界。人的身心只是一个乐器，演奏什么音乐完全要靠自己。

所以，即使在最悲伤的时候，也让我们过欢乐中国节吧！

生命的接榫

装潢房子的时候,我到林口卖古董家具的店买了一些清朝的门窗,请木工把窗花的部分拆下来,镶嵌在新家的门窗上。为我们装潢的木匠已经是台北一流的师傅,任何细作的家具都难不倒他,但是当他看到那些清朝的古门窗时,也忍不住赞叹不已,言词中充满了敬仰与神往。

我问他说:"你觉得清朝的门窗美在哪里呢?"

"不论是构图、组合、接榫,都是一百分,无话可说。你看这四面门窗,没用到一支钉子,古代也没有黏合胶,却可以接得如此完美,保留到现代,完全没有损坏。"他说。

确实,这也是我每次看古董家具都会感动不已的原因。古代的工匠只用最简单的工具和最素朴的材料,却成就了最繁复的结构与最华美的形式,那样超凡的巧手越过了时间与空间,使我们在百年后仍为之叹息不已。

我忍不住问木匠师傅："如果把这窗花交给你，做出一个一模一样的，不用钉子与胶水，你办得到吗？"

他沉吟了半晌，说："我可以做得一模一样，甚至做得更好，但是我不能做，也不愿意做。"

"为什么？"

木匠师傅道出了一个现代人普遍面临的问题。他说："如果我要以手工不借助任何机器，做出一个镶满窗花的窗子，至少要花一个半月的时间。以一天工资三千元来算，加上材料，一个窗至少要卖十五万元，可是买一个真正的古窗只要五六千元。何况，有谁在装潢时，愿意让工匠花一个半月，只做一扇窗呢？"

"再说，古代的人盖房子、做门窗，都是为子孙来思考的，他们的眼光、用心，至少在百年以上。现代人很少在同一个房子住十年以上，何况是对待一扇窗呢？"木匠师傅说，"在时间上，我不能做；在用心上，我不愿意做。"

从前，我一直认为古人的手工好，才能做出那么好的明代清式家具。木匠师傅为我释疑，其实现代的工匠也可以做得一样好，只是没有古人的时空，也没有古人的心情吧！

木匠师傅花了几天的时间，就把窗花拆下全镶在墙壁和窗台上，墙壁后面装了壁灯，窗台后面则可以引进阳光。

不论白天或夜晚，只要阳光与灯光照过清朝的美丽窗花，屋内的光就迷离了起来。在迷离中，我总会想：古代的木匠是在什么情景下，做出这么美丽的窗呢？他们大多没有留下名姓。清朝我认识的工匠只有齐白石，在他的传记里读到过，从前的木匠到大户人家做装潢，往往一住就是两三年。如果是到寺庙，一住二三十年也是常有的事。他们花费青春、岁月与心力，选用最好的木材，用最细腻的方法，就是要做出最好的家具，并且传诸久远。

以中国的木作来说，最了不起的方法就是"接榫"——让木头与木头以阴阳、虚实、凹凸、伸缩来咬合，图案、结构、形式都已到了完美的境界，而且历经数百年也不朽坏松脱，这是多么精巧辉煌。只要我们有一点儿人文艺术的素养，就会羡慕古代木匠的接榫哲学，了解到不用钉子与胶水而能密合，不只是木匠，也是生命里最完美的境界。

在我们年轻，刚刚会欣赏木作接榫的时代，谁不向往此生的爱情、婚姻、友情、人际关系都可以那样完美地接榫呢？可惜的是，由于时空的错谬、因缘的落差、用心的不同，我们往往无法那么完美地接榫。

如果我们在年轻的时候，也能像木匠一样追求完美，选取最好的木材，用最细腻的接榫，有千百年的用心，说不定我们也可以塑造出完美的、永不朽坏的情缘！

在迷离的清朝窗花下，我这样想着。

超越的心

　　一个人活在这世界上,他的痛苦、失败、成功跟快乐,其实都是很类似的。但是有的人活得精彩,有的人活得开心,有的人却活得痛苦烦恼,那主要是因为心的态度。心有没有经过锻炼是很重要的。一个人要过得很开心,第一个非常重要的态度就是,你要不断有超越的心,不断地超越原来的自我。

　　有一个小孩子发明了一种机器,可以拍西瓜或者拍凤梨,一拍就可以测出水果的甜度,准确度百分之百。这个小孩怎么那么厉害?原来孩子出生在一个种凤梨的果农家庭,从小就看爸爸每天测凤梨的甜度。怎么测?用手指弹,如果有汁肉的声音就是甜的,鼓的声音是酸的;如果砰砰地响,这个凤梨是不能吃的。爸爸每天要弹三万个凤梨,弹到后来中指比一般人长一节。小孩子每天在旁边看,心里很感慨,为什么没有一种机器可以代替爸爸的手指?于是他每天做研究,到高中的时候发明了这种机器。

这样的新闻使我感动，这个小孩子从小就想要超越他的自我。在这个世界上，人就是动物的一种，有动物的习气。一开始人追求的就是物质世俗的享受，这并没有什么错误。但是一段时间以后，你会发现，这些并不能带给你真正的快乐，这时你就会进入第二个层次，进入文明跟文化的追求。

我有一个朋友是非常有名的画家，有一天我去找他，走进他家的花园，看到里面有一只非常巨大的乌龟，有几百斤重，背上长满了星星，很漂亮。我问他乌龟是哪里来的，他说："巴西带回来的。"

原来，他去巴西开画展时看到这只乌龟很漂亮，想要把它带回家。可是乌龟没法坐飞机，因为太巨大，只能坐船，这需要三个月的时间。他就做了一个柜子把乌龟装进去，然后用货柜装上轮船。他想，这一路上乌龟没吃没喝，也没有阳光，一定会死掉，转念一想：死了就算了，因为我喜欢乌龟的壳而不是它的肉。三个月以后，乌龟运到了，他到港口去接。想象不到的事情发生了，乌龟的头从柜子里伸了出来，脸上带着神秘的微笑。——这里插句话，以后大家注意，凡是面带微笑的动物都活得很老，乌龟、海豚、鲸鱼、大象、白鹤，脸上都带着微笑；凡是脸上很凶恶的，大概活的时间都不会很长，狮子、老虎、豹子、豺狼表情都很难看。

我问乌龟好不好养，他说："很好养！一天早上吃两根香蕉，晚上吃两根香蕉就够了。"那天忘了带相机，我就跟朋友说好两个星期以后来跟乌龟合影。

两个星期后我去找他，发现乌龟在他的书桌上，只剩下一个壳。三个月不吃不喝还活着的乌龟，为什么两个多礼拜就死掉了？原来，朋友要去高雄开画展，想到这只乌龟没有人养，就买了两串香蕉，把乌龟叫过来说："你每天早上吃两根，下午吃两根，知道吗？"乌龟一直跟他点头，脸上还带着神秘的微笑。他确定乌龟已经听懂了，就去开画展。回来以后乌龟死掉了，香蕉也不见了，找兽医来解剖，一剖开，乌龟满肚子香蕉。原来让它两个星期吃掉的香蕉，它一天就全部吃光了。

人如果不节制，也跟这只乌龟一样。欲望的满足是非常短暂的，而且是永远不能满足的。为了这么短暂的满足而花太多的时间跟精力，实在不值得。这时人就会走进人生的第二个层次，就是文明的、文化的满足。

譬如说你有了一套房子，你会挂几幅画，装一套音响、一台电视，陶冶你的身心。但文化跟文明得到满足之后，又会陷入一个问题，就是即使你有最好的文明跟艺术修养，你也不能对抗人生真正的痛苦。

人生真正的痛苦是什么？依佛教的说法有八种痛苦：爱别离、怨憎会、求不得、五阴炽盛、生、老、病、死。活着本身就是一种痛苦；老化是一种痛苦；生病是一种痛苦；死亡是一种痛苦；相爱的人一定会别离；讨厌的人偏偏碰在一起叫怨憎会；五阴炽盛就是虽然天下太平没有什么事情，可是坐下来，烦恼就像火一样燃烧着我们的心；所求不得就是你签的号码永远开不出来，你要求的都求不到。

这些痛苦，即使是具备最好的文化跟艺术修养的人都不能克服，于是这样的人就会走向人生的第三个层次，就是灵性的层次、宗教的层次、精神的层次。

孔子的一个学生颜回住在很简陋的巷子里。孔子说："回也居陋巷，一箪食，一瓢饮，人不堪其忧，回也不改其乐。"颜回每天吃一点点稀饭，喝一点点水，人们都觉得这样是很痛苦的事情，可是颜回却过得很快乐。为什么？因为他的内心里有一种宗教的、性灵的、精神的满足，而这种满足使他可以超越物质的限制。这种超越的心是很重要的，一个人如果没有超越的心，他就不会有新的发展。

我在小学三年级的时候，立志要成为一个作家。在我当时居住的环境里，从来没有人知道作家是干什么的。

我们家有很多小孩，爸爸怕认不出我们，每个礼拜都召集我们见面，然后他就会问，有一天问到我说："十二啊（名字很难记，都记号码），你长大以后要干什么？"我说："当作家。"他问我："作家是干什么的？"我说作家就是坐下来，字写一写寄出去，人家钱就会寄来。父亲听了很不开心，当场给我一巴掌："傻孩子，这个世界上如果有那么好的事情，我自己就先去干了怎么轮得到你！"

那时候的大人都不相信，我会变成一个作家。可我的内心里面，一直希望可以不断地超越自己，不断地去追求，所以在我三十岁的时候，就在一家非常大的报社当总编辑，还在一个电视台主持节目，得遍台湾所有重要的文学奖。

成功应该给我带来更大的快乐跟更大的满足，但那时候我每天还很烦恼，工作很辛苦，我很头痛：到底什么才是最后安顿的地方呢？

有一天我在报馆里看到一本书，是印度哲学里非常重要的一本书，叫作《奥义书》。其中一页上面这样写着："一个人到了三十岁，要把全部的时间用来觉悟。"

我吓一跳，那一年我正好三十岁。再翻过去更恐怖，写着："一个人到了三十岁，如果没有把全部的时间用来觉悟，就是一步一步走向死亡的道路。"那时候我觉得自己一点都没有觉悟，所以就开始觉悟，放弃了一切，走进佛教的世界，在山里面闭关三年才下山。后来我研究印度哲学才发现上当了。那个年代，印度人平均寿命只有三十九岁，所以三十岁已经是面临死亡了，可以觉悟了。

什么叫觉悟？觉就是学习来看见；悟左边是心，右边是吾，我的心叫作悟，所以觉悟就是学习来看见我的心。人生不断地往上追求，并不是说你追求一个特别的境界，而是向外追求那个更高的灵性，向内探索自己内在的思维，从探索你内在最深的部分来跟这个灵性相应，这才是真正的好的追求。

做一个人就好像一座金字塔一样,第一层是物质的、欲望的,第二层是文化的、文明的,第三层是精神的、灵性的、宗教的。当一个人具备了这三个层次以后,我们才可以说这是一个完整的人。这个就是超越的心,不断地去追求那个更高的灵性的境界。当你站在灵性的高境界,再看人生的挫折跟困顿,很简单就化解了。

有一天,释迦牟尼佛给弟子讲课,他拿了一个钵,里面装满了水,把一个石头丢进这个钵里,水就满出来了。他说,生命里所碰到的烦恼跟困境,就像这个石头一样。有什么方法可以让水不满溢出来?那就是换一个更大的容器。如果你造了一艘很大的船,不管多少石头你都载得动,还可以载别人的石头,可以包容生命里所有负面的情境。这是欢喜心过生活的第一个方法,不断地保持超越的心,超越以后,你的心就打开了。

从最根深处站起来

一双未完成的鞋子

不管在什么时间,不管从什么地方走过,我们都很容易看到一个场景:许多人围聚在一起,看着出售货品的小小的摊位。

我们或者会停下来买一点东西。

我们或者会站着看他们卖些什么。

大部分的时间,我们视若无睹地走过,冷然无情地走过。

于是,那些生活在我们四周的人,便与我们没有任何相干。我们不知道他们的生活、他们的背景,甚至不知道他们是从什么地方冒出来的。

有时候,我们会抱怨他们阻碍了交通,妨碍了秩序;有时候我们会为自己在无意中买了便宜的东西而高兴;有时候,我们会问:他们大概赚了不少钱吧?

这是我们对摊贩的一般概念。摊贩虽然与我们的生活有一定的联系,他们却仿佛生活在另一个神秘的世界里,我们看不见他们的辛酸,也看不见他们如何在最根深处站起来。

多年来,我接触了很多摊贩,我佩服他们面对生活的勇气。他们虽然做着最卑微的职业,但他们和生活苦斗着,光是这一点,就足以给我们很大的启示。

在写这些摊贩前,我想起了童年的经验。

七岁的时候,我用一个铜板一个铜板攒起来的钱,在小镇街边的摊贩上买了一盒油彩。回到家里,我把十二种颜色的油彩一条条挤出来观察,当色彩从管子中出来的一瞬间,我领悟到了人间的色彩,那种彩色的感觉一直跟随我到今天。

然后我想,我要画什么呢?我选择了那个卖油彩的摊贩。

我便每天背着油彩坐在摊贩对街的农舍屋檐下,画那一个瘦小的老摊贩。他那穿着厚重的棉衣、戴黑色毛线帽的形象给我很大的震撼,可惜当我画到他那一双"开口笑"的皮鞋时,一个警察走过来把他赶走了,致使我童年的第一张彩画一直没有完成,以后我再也没有见过那个老摊贩。

我每天孤独地站在未完成的画前面,为无法给最后的那一双鞋子上色而苦痛不堪。我甚至为他流泪了。

他会到哪里去呢？他还会卖油彩吗？

我疑惑而难过地思念着那一位老人。童年那一段不快乐的经验给我日后的生活投下了很深的阴影，很久都无法散去，也使我对摊贩怀有一种特别的情愫——这些生活在社会最底层的"游牧民族"，在我内心投下了特殊的印象。

每当我遇见一个摊贩，童年的印象便会浮现出来。如今我写摊贩，只是要完成那最后一抹色彩，以了却多年来的心愿。

自足地面对生活挑战

冷风呼吼的冬天，我到东部一个小渔港去。清晨，我独自走到临近海边的鱼市场去，为的是观察渔民在晨曦中如何进行他们的交易。

在鱼市场里，可爱的渔民们正在兴高采烈地出售他们的鱼。渔民们自兼摊贩，大声地吆喝着，特别让我觉得真实而感动，其中一个摊贩吸引了我。

只见他把鱼一箩筐一箩筐从三轮货车上卸下来，大声叫着："来哦！新鲜的！最好的鱼在这里！"

我走过去，他转过身来，我看见他嘴角留着两撇稀朗的猫须，有一些槟榔汁还残留在唇边。他戴着一顶载满风霜的鸭舌帽，穿一双黑色雨靴，衣服沾满了鱼的腥香，最让我吃惊的是他的表情——他始终带着微笑，非常自信自足地推销他经过一夜辛苦捕来的鱼。

渔民摊贩看到我拿了相机，欣悦地微笑着，然后抓起箩筐中的一条鱼对我说："你要拍照就要拍最好的鱼，我这里的就是最好的鱼！"后来，我陪他一起卖鱼。由于他的自信，鱼很快卖完了，他高兴地收拾箩筐，哼起一首歌："透早就出门，天色渐渐光……"

渔民四十二岁了，他告诉我，他生活的信心来自他的祖先。他在幼年时便陪父亲在渔市场贩卖自己捕来的鱼，他说："我们四代卖鱼了，当然卖得最好。"他认为渔民的生活虽然很辛苦，但是没有什么可抱怨。"我祖父、父亲都这样过来了。"

那个渔民自足地面对生活挑战的态度，给我很大的撞击。我站在原地，看他的三轮货车绝尘而去，渔市场喧嚣的声音突然隐去，只剩下他的形象在脑中盘旋。

去伤解郁、根治百病

妇女百病

心脏无力

关节抽痛

气血两虚

脚风手风

寒热咳嗽

九种胃痛

跌打损伤

五劳七伤

神经衰弱

失眠夜梦

梦泄遗精

精力不足

记忆减退

一块白布长条上写了这些用红漆写成的大字，一位神情健硕的老人正在白布后推销他的"祖传秘方"。

在南部一个小镇上，我很吃惊地站定，他那简单的药粉竟可以治愈那么多的"现代病"，尤其让我惊奇的是，老人坚决的神情。

他说："神经衰弱吃一包就见效，败肾失精吃两包就见效，各种肠胃病吃三包就见效。这款药粉不是普通的药粉，是数百种草药经过数十年炼成的，吃一罐治标，吃两罐治本，长期服用活百年。"

老人"去伤解郁，根治百病"的药方，竟然打动了旁观的民众，不到一个小时，药箱里的药几乎全卖光了，老人得了一万多元。他收拾好行李，我和他在傍晚的街上走着，他告诉我，这种药确实有效，这是他祖先几代赖以维生的药方，可以"有病治病，无病保身"，绝对错不了。

老人已经七十岁了，他还要将这个药方留给他的子孙，他说自己是个江湖人，每隔几天就要换一个码头。"只要带着一箱药粉，我就可以走遍天下了。"

穿着黑布鞋、黑长裤、白衬衫、红毛衣的老人，像流浪在乡间的许多江湖人一样，生命在默默的岁月中流转。

我不太相信一种药粉可以治百病，由于老人的流动性，药粉到底灵不灵也没有人检验过，但是我佩服老人的生命力。他就像他的药粉一样，在西药已经风行的今时今地，他还能坚韧有力地在乡间的每一个角落跳动。

不要忘记我们的粿

有一天我路过华西街，被路边一个三尺见方的小摊贩吸引住了。只见一位二十出头的年轻人和他年轻的妻子正在忙碌地包装"红龟粿"、"菜头粿"、"芋仔粿"，卖给过路的人。

他们忙碌的情景很出乎我的意料,像粿这种传统的零食,没想到现在还这么受欢迎,许多中老年人路过时就会顺便买一个粿,边走边吃。

我访问了那对年轻夫妇,他们的摊位上只点了一盏五烛光的小灯。

他们在那里已经摆了四年的"粿摊",收入相当不错。问他们最初的动机,他们说:"有一次在外祖母家里吃了粿,倍儿好吃,就想,这样的东西流传了数千年还受民众的欢迎,一定有它的道理,何不摆个摊位试试看呢?我们请教了外祖母制作方法,便尝试性地摆摊,没想到一摆就是几年了。"

那个粿摊很受欢迎,有固定的老主顾,尤其是年节庆典时更是供不应求,夫妻俩忙得不可开交。

本来沉默地站在一旁的太太说:"中国人还是吃中国人的东西卡惯。"

他们的生活没有什么烦忧,夫妻俩都认为卖粿是"前景看好的行业"。我很喜欢这对勤劳的小夫妻,他们白日在家中努力地做粿,夜里出来摆摊,生活在自足的小天地里,而且他们的粿在那里已经被摆出一点名声了。

我想,借着许多小摊贩,中国传统的吃食和民间工艺才得以保存,并在民间展现它的活力。如果没有这些勤劳的摊贩,很可能许多可贵的东西都要失传了。

那些失传的东西像粿一样，在民间小摊贩间总会留下一些肯定的声音："红龟粿、菜头粿、芋仔粿……这里天天卖！"

捡回掉落的鞋子

摊贩们固守自己的天地，但生活并不是很安定的。有一回，我走过台北市的一条大马路时就看到一幕令人心惊的场景。

一排卖小吃的摊贩中有一位妇人，带着一个大约三岁的女孩在卖肉羹。许多人围着摊子吃着，一碗七元，妇人熟练地从大锅里舀出肉羹，放一点佐料、一点青菜，然后端给站着喝肉羹的人。她不断地重复着那一个单调的动作，最难得的是，脸上始终带着笑容。小女孩则乖巧地蹲在旁边玩耍。

"警察来了！"

突然，在前头的第一个摊贩叫起来，所有的摊贩便惊惶地奔跑起来。妇人的东西太多，她迅速用右手抄起女儿抱在怀中，左手推着那一辆摊贩车向小巷中拐进去，许多吃肉羹的人端着碗跟着她的摊子一起跑。很快，妇人与她的摊子消失在街的尽头了。但是，小女孩的拖鞋却因为匆忙奔跑，掉落在街心。空旷的街卜，两只小鞋子显得格外凄冷。两个穿着整齐的制服的警察走过，等他们走远了，那个妇女才蹑手蹑足地回来捡小女孩的鞋。

她那余悸犹存的心惊样子，一时之间也让我手足无措起来，不禁觉得悲凉。

摊贩难为。他们有面对生活的勇气，但有时候，他们的自尊就像匆忙中掉落在大街上的鞋子一样，要一次一次捡回来，然后穿上，以面对新的挑战。当然，警察是对的，可摊贩为了求生活也没有错，那么，到底是什么地方错了呢？

从最根深的地方站立起来

每一个人都应该知道如何调整自己，以便在扰攘的尘世中立足，摊贩也不例外。他们不是生来便注定做摊贩的，因此他们必须不断地进行自我调整。

如果社会是一棵树，摊贩就是土地下最末梢的根须，我们也许会忽略他们，但是在一棵大树的成长中，他们供应了相当大的动力。

他们的自足、自信和挺然站立，使我们整个社会可以从最根深处站立起来。

写到这里，我又想起了童年那双未画完的摊贩的"开口笑"的皮鞋。我还是留下了最后一笔，希望能常常面对它。

心灵的护岸

只有妈妈的爱

像清晨的阳光

像清澈的河水

是我们心灵的永久的护岸

吃晚饭的时候,我对妈妈和哥哥说:"明天我想带孩子去护岸走走。"他们同时抬起头看了我一眼,点一下头,又继续吃饭了,那意思于我已经很明确了,就是护岸已经不值得去了。

护岸是家乡的古迹之一,沿着旗尾溪的岸边建筑,年代并不久远,是日据时代堆成的。筑造的原因,是从前的旗尾溪经常泛滥成灾,高达一丈的护岸,在雨季可以把溪水堵住,不至于淹没农田。

旗山的护岸或者也不能算是古迹,因为它只是由许多巨大的石头堆叠而成，它的特点是石头与石头之间并没有黏结，只依其各自的状态相互叠扣，石头大小与形状都各自不同，但是组成数公里的护岸，却是异常的雄伟与平整。

旗山原是平凡的小镇，没有什么奇风异俗，我喜欢护岸当然是感情因素。

在我幼年的时候，护岸正好横在我家不远的香蕉园里，我时常跑去上上下下地游戏，印象最深的是，春天的时候，护岸上只有一种植物"落地生根"，全数开花时，犹如满天的风铃，恍如闻到叮叮当当的响声。

在护岸底部沿着沟边，母亲种了一排芋田，夏天的芋叶像菩萨的伞盖，高大、雄壮，有着坚强的绿色，坐在护岸上看来，芋头的叶子真是美极了，如果站起来，绵延的蕉树与防风的竹林、槟榔交织，都有着挺拔高挑的风格，个个抬头挺胸。

我时常随父母到蕉园去，自己玩久了，往往爸妈已改变工作位置，这时我会跑到护岸上居高临下，一列列地找他们，很快就会找到，那护岸因此给我一种安全的感觉，像默默地守护着我。

我也喜欢看大水，每当暴雨过后，就会跑到护岸上看大水，水浪滔滔，淹到快与护岸齐顶，使我有一种奔腾的快感。平常时候，旗尾溪非常清澈，清到可见水里的游鱼，澈到溪底的石头历历，我们常常在溪里戏水、摸蛤蜊、抓泥鳅，弄到满身湿，起来就躺在护岸的大石上晒太阳，有时晒着晒着睡着了，身体一半赤一半白，爸爸总会说："又去煎咸鱼了，有一边没有煎熟呢。还未翻边就回来了。"

护岸因此有点像我心灵的故乡，少年时代负笈台南，青年时代在台北读书，每次回乡，我都会在黄昏时沿护岸散步，沉思自己生命的蓝图，或者想想美的问题，例如护岸的美，是来自它的自身？或是来自小时候感情？或者来自心灵的象征？后来发现美不是独立自存的，美是有受者、有对象的，真实的美来自生命多元的感应道交，当我们说到美时，美就不纯粹客观，它必然有着心灵与情感的因素。

我对护岸的心情，恐怕是连父母都难以理解的，但我在护岸散步时，常会想起父母作为农人的辛劳，他们正是我们澎湃汹涌的河流之护岸，使我即使在都市生活，在心灵上也不至于决堤，不会被都市的繁华淹没了平实的本质。

这一次我到护岸，还征求了三位志愿军，一个是我的孩子，两个是哥哥的孩子，他们常听我提到护岸是多么的美，却从来未去过。他们一走上护岸，我就看见他们眼里那失望的神色了。

旗尾溪由于上游被阻绝，变成一条很小的臭水沟，废物、馊水、粪便的倾倒，使整个护岸一片恶臭。岸边的田园完全被铲除，铺了一条产业道路，路旁盖着失去美感、只有壳子的贩厝。有好几段甚至被围起来养猪，必须要掩鼻才有走过的勇气，大石上，到处都是宝特瓶、铝罐子和塑胶袋。

走了几公里，孩子突然回头问我："爸爸，你说很美的护岸就是这里吗？"

"是呀，正是这里。"心里一股忧伤流过，不只是护岸是这样的，在工业化以后的台湾，许多有美感的地方不都是这样的吗？田园变色、山水无神，可叹的是，人都还那样安然地，继续把环境焚琴煮鹤地煮来吃了。

我本来要重复这样子说："我小时候，护岸不是这样子的。"话到口中又吞咽回去，只是沉默地、一步一步地走向护岸的尽头。

听说护岸没有利用价值，就要被拆了，故乡一些关心古迹文化的朋友跑来告诉我，我不置可否，"如果像现在这个样子，拆了也并不可惜呀，"我铁了心肠说。

当我们说到环境保护的时候，一般人总是会流于技术的层面，或说："为子孙留下一片乐土。"或说："我们只有一个地球。"这些只是概念性的话；其实保护环境要先保护我们的心，因为我们有什么样的败坏的环境，正是来自我们有同样败坏的心。

就如同乡下一条平凡的护岸，它不只是石头堆砌而成的，它是心灵的象征，是感情的实现，它有某些不凡的价值，但是粗俗的人，怎么能知道呢？

我们满头大汗回家的时候，妈妈正在厨房里包扁食（馄饨），正像幼年时候，她体贴地笑问："从护岸回来了？"

"是呀，都变了，"我黯然地说。

妈妈做结论似的说："哪有几十年不变的事呀。"

然后，她起油锅、炸扁食，这是她最拿手的菜之一，是因为我返乡，特别磨宝刀做的。

油锅突然一声响，香味四散，我的心突然紧绷中得到纾解。幸好，妈妈做的扁食经过这数十年，味道还没有变。

我走到锅前，学电视的口吻说："嗯，有妈妈的味道。"

妈妈开心地笑了，像清晨的阳光，像清澈的河水。

白雪少年

我小学时代使用的一本国语字典，被母亲细心地保存了十几年，最近才从母亲的红木书柜里找到。那本字典被小时候粗心的手指扯掉了许多页，大概是拿去折纸船或飞机了，现在怎么回想都记不起来，由于有那样的残缺，更使我感觉到一种任性的温暖。

更惊奇的发现是，在翻阅这本字典时，找到一张已经变了颜色的"白雪公主泡泡糖"的包装纸，那是一张长条的鲜黄色纸，上面用细线印了一个白雪公主的面相。于今看起来，公主的图样已经有一点粗糙简陋了。至于如何会将白雪公主泡泡糖的包装纸夹在字典里，更是无从回忆。

到底是在上国语课时偷偷吃泡泡糖夹进去的，是夜晚在家里温书吃泡泡糖夹进去的，还是有意保存了这张包装纸呢？翻遍国语字典也找不到答案。记忆仿佛自时空遁去，渺无痕迹了。

唯一记得的倒是，那一种旧时乡间十分流行的泡泡糖，是粉红色长方形、十分粗大的一块，一块要五毛钱。对于长在乡间的小孩子，那时的五毛钱非常昂贵，是两天的零用钱，常常要咬紧牙根才买来一块，一嚼就是一整天，吃饭的时候把它吐在玻璃纸上包起，等吃过饭再放到口里嚼。

父亲看到我们那么不舍得一块泡泡糖，常生气地说："那泡泡糖是用脚踏车坏掉的轮胎做成的，还嚼得那么带劲！"记得我还傻气地问过父亲："是用脚踏车轮做的？怪不得那么贵！"惹得全家人笑得喷饭。

说是"白雪公主泡泡糖"，应该是可以吹出很大气泡的，却不尽然。吃泡泡糖多少靠运气，能吹出气泡的大概五块里才有一块，许多是硬到吹弹不动，更多的是嚼起来不能结成固体，弄得一嘴糖沫，赶紧吐掉，坐着伤心半天。我手里的这一张可能是一块能吹出大气泡的包装纸，否则怎么会小心翼翼地来做纪念呢？

我小时候并不是很乖巧的孩子，常常为着要不到两毛钱的零用就赖在地上打滚，然后一边打滚一边偷看母亲的脸色，直到母亲被我搞烦了，拿到零用钱，我才欢天喜地地跑到街上去，或者就这样跑去买了一个"白雪公主"，然后就嚼到天黑。

长大以后，再也没有在店里看过"白雪公主泡泡糖"，都是细致而包装精美的一片一片的"口香糖"；每一片都能嚼成形，每一片都能吹出气泡，反而没有像幼年一样能体会到买泡泡糖靠运气的心情。偶尔看到口香糖，还会想起童年，想起嚼"白雪公主"的滋味，但也总是一闪即逝，了无踪迹。直到看到国语字典中的包装纸，才坐下来顶认真地想起"白雪公主"泡泡糖的种种。

如果现在还有那样的工厂，恐怕不再是用脚踏车轮制造，可能是用飞机轮子了——我这样游戏地想着。

那一本母亲珍藏十几年的国语字典，薄薄的一本，里面缺页的缺页、涂抹的涂抹，对我已经毫无用处，只剩下纪念的价值。那张泡泡糖的包装纸，整整齐齐，毫无毁损，却珍藏了一段十分快乐的记忆，使我想起真如白雪一样无瑕的少年岁月，因为它那样白，那样纯净，几乎所有的事物都可以涵容。

那些岁月虽在我们的流年中消逝，但借着非常微小的事物，往往一勾就是一大片，仿佛是草原里的小红花，先是看到了那朵红花，然后发现了一整片大草原，红花可能凋落，而草原却成为一个大的背景，我们就在那背景里成长起来。

那朵红花不只是"白雪公主泡泡糖"，可能是深夜里巷底按摩人的幽长的笛声，可能是收破铜烂铁老人沙哑的叫声，也可能是夏天里卖冰淇淋小贩的喇叭声……有一回我重读小学时看过的《少年维特的烦恼》，书里就曾夹着用歪扭字体写成的纸片，只有七个字："多么可怜的维特！"其实当时我哪里知道歌德，只是那七个字，让我童年伏案的身影整个显露出来,那身影可能和维特是一样纯情的。

　　有时候我不免后悔童年留下的资料太少,常想:"早知道,我不会把所有的笔记簿都卖给收破烂的老人。"可是如果早知道,我就不是纯净如白雪的少年,而是一个多虑的少年了。那么丰富的资料原也不宜留录下来,只宜在记忆里沉潜,在雪泥中找到鸿爪,或者从鸿爪体会那一片雪。

　　这样想时,我就特别感恩母亲。因为在我无知的岁月里,她比我更珍视我所拥有过的童年,在她的照相簿里,甚至还有我穿开裆裤的照片。那时的我,只有父母留有记忆,对我是完全茫然了,就像我虽拥有"白雪公主泡泡糖"的包装纸,但那块糖已完全消失,只留下一点甜意——那甜意竟也有赖于母亲爱的保存。

图书在版编目（CIP）数据

心是温柔的起点 / 林清玄著. -- 北京：北京联合出版公司，2016.12（2018.9重印）
ISBN 978-7-5502-8918-5

Ⅰ. ①心… Ⅱ. ①林… Ⅲ. ①散文集－中国－当代 Ⅳ. ①I267

中国版本图书馆CIP数据核字(2016)第250075号
本书由台北九歌出版社有限公司授权出版

心是温柔的起点

作　　者：林清玄
出版统筹：新华先锋
责任编辑：昝亚会　夏应鹏
特约监制：林　丽
策划编辑：刘　钊
封面设计：郑金将
版式设计：徐　倩

北京联合出版公司出版
（北京市西城区德外大街83号楼9层 100088）
北京联兴盛业印刷股份有限公司印刷　新华书店经销
字数100千字　620毫米×889毫米　1/16　14印张
2016年12月第1版　2018年9月第3次印刷
ISBN 978-7-5502-8918-5
定价：39.50元

未经许可，不得以任何方式复制或抄袭本书部分或全部内容
版权所有，侵权必究
本书若有质量问题，请与本社图书销售中心联系调换
电话：010-88876681　010-88876682